中医实用技术丛书

梅花针疗法速成图解

编著 徐亚林 陈俊伟
配图 郝 雨

科学技术文献出版社
Scientific and Technical Documents Publishing House
北 京

(京)新登字130号

内容简介

梅花针疗法是中医外治法之一，也是特色疗法，具有简便易学、经济实用、安全微创、疗效显著的特点，特别适合家庭保健使用。本书以图解的形式，介绍了梅花针疗法的基本知识及在50余种内、外、妇、儿、皮肤、五官、泌尿生殖科疾病中的具体运用，内容科学，通俗易懂。可作为基层医务工作者学习及对自我保健感兴趣的一般读者自学自用的参考书。

科学技术文献出版社是国家科学技术部系统唯一一家中央级综合性科技出版机构，我们所有的努力都是为了使您增长知识和才干。

目　　录

第一章　梅花针疗法基本知识

一、定义及源流

1. 定义

梅花针疗法是运用丛针针具作用于体表一定部位以起到治疗效果的一种中医治疗方法。梅花针疗法是针灸学治疗方法的重要组成部分。因丛针叩刺皮肤后，叩刺部位所泛起的红晕形似片片梅花，故称为梅花针。由于梅花针疗法叩刺部位表浅，刺皮不伤肉，有人也称为“皮肤针”。另外梅花针疗法叩刺时疼痛较轻，儿童容易接受，所以又叫“小儿针”。梅花针疗法的针具根据针数的不同，又有特殊名称。5 根的针具叫做“梅花针”，7 根的叫做“七星针”，18 根的叫做“罗汉针”。但不论 5 根的“梅花针”、7 根的“七星针”还是 18 根的“罗汉针”，以及其他针数的丛针针具，习惯上都叫做“梅花针”。用这些针具作用于体表的疗法习惯上叫做“梅花针”疗法。

2. 源流

梅花针疗法有悠久的历史，并随着历史的发展不断进步。在《灵枢·官针》中有如下记述：“凡刺有十二节……五曰扬刺。扬刺者，正内一，傍内四……”这里的“扬刺”就是指中间扎一根针，四周再扎上四根针。“扬刺”法对梅花针多针刺法起启迪作用。《素问·刺要论》言：“病有浮沉，刺有深浅，各至其理，无过其道。”指出针刺方法有刺深与刺浅的不同，这些为梅花针的浅刺法提供了理论基础。《灵枢·官针》曰：“凡刺有九，以应九变……七曰毛刺，毛刺者刺浮痹皮肤也”，这里的“毛刺”指针刺皮肤，不及肌肉的针刺方法，为梅花针浅刺法的起源。《灵枢·官针》又云：“凡刺有五，以应五脏，一曰半刺，半刺者，浅内而急发针，无针伤肉，如拔毛状，以取皮气”，这里的“半刺”是一种浅刺而且快速出针的针刺方法，为梅花针快速弹叩手法的来源。

历代医家通过不断的实践，完善了梅花针疗法。最早运用单针点刺，后来逐渐发展为多针丛刺，快速弹叩。特别是新中国成立后，梅花针疗法在总结前人的基础上，获得了巨大发展。加上科学技术的进步，梅花针的针具也有很大进步，弹性针柄使得梅花针的操作更方便，电梅花针运用电刺激，代替手工叩刺，减轻患者疼痛。随着中医药走向世界，不少国家和地区的医务工作者来我国学习梅花针疗法，使梅花针疗法得以造福全世界。

二、治疗机理

梅花针疗法是以中医理论为指导，主要包括经络、皮部理论和整体观念。

人体以五脏六腑为中心，以十二正经沟通内外，加上奇经八脉、十五络脉和孙络、浮络纵横交错联系为一个整体。梅花针疗法的重要理论就是“皮部”理论。《素问·皮部论》说：“欲知皮部，以经脉为纪者也，诸经皆然……凡十二经脉者，皮之部也。是故百病之始生也，必先于皮毛。”指出在经脉循行路线的对应皮肤称为该经脉的皮部。皮部由经络与脏腑相连，通过刺激皮部，传递信息，就能调整相应脏腑、经络之气血运行，从而治疗相关疾病。

人体的经脉上有大量的腧穴，这些腧穴通过经络与脏腑相连。当人体生病的时候，通过刺激这些腧穴，能够治疗相关脏腑、经络的疾病，有的腧穴有它自己的特性，能够治疗特定的病证。梅花针疗法同毫针刺法一样，是刺激腧穴的一种方法。

人体是一个整体，有诸于内必形之于外，内脏疾病会在与之相联系的皮肤上出现各种反应，如疼痛、压痛、颜色变化、皮内结节等，这些反应可作为诊断的指标。同时，刺激相应的阳性反应点，又可以作用于经络、脏腑，疏通气血、调整阴阳，达到治疗疾病的目的。

总之，皮部是经络之气散布的所在。皮部即是按经脉的外行线为依据，将皮肤划属于相应经脉。它位于体表，能反映脏腑、经络的病变。反之，通过刺激皮部亦可以调整脏腑、经络的功能，以达到治病的目的。

三、梅花针疗法的特点

1. 简便

梅花针的操作方法简便易学，只要了解操作要领，勤奋练习，就可以很快掌握。即使一般的百姓，没有医学基础，也可以在短时间内学会梅花针的操作。同时梅花针疗法对于场地无特殊要求，可以在很多场合下进行操作。

2. 经济

梅花针疗法针具成本低廉，无需辅助器械，所以治疗成本低，减轻了患者经济负担。

3. 安全

梅花针疗法只刺激浅表的皮肤，不会伤及内脏。同时刺激温和，一般不会出现晕针现象及安全事故。

4. 适应范围广

梅花针疗法对于内、外、妇、儿、皮肤等科疾病均有良好的疗效。同时由于其安全可靠，男女老少皆可运用。

总之，梅花针疗法具有简、便、廉、验的特点，有利于广泛推广。

四、梅花针的治疗部位

1. 局部叩刺

局部叩刺指在病变部位或病变邻近部位进行叩刺的一种方法。此种方法直接作用于病变部位或病变邻近部位，如湿疹直接叩刺病变部位及邻近部位，扭伤后直接叩刺瘀肿部位，带状疱疹叩刺疱疹邻近部位。

2. 腧穴叩刺

腧穴叩刺指根据病变的具体情况，选择相应的腧穴进行叩刺的一种方法。此种方法利用腧穴的特性，调整虚实，平衡阴阳，疏通气血。如腹泻选足三里、中脘、天枢等穴；发热选大椎、曲池、合谷等穴；咳嗽选肺俞、中府、尺泽、列缺等穴。

3. 循经叩刺

循经叩刺指循着经脉进行叩刺的一种方法。这种方法沿着经脉进行叩刺，叩刺的范围广，能调整相应经脉的气血运行，治疗相应经脉疾病。循经叩刺最常用的是颈背腰部的膀胱经及督脉。如风疹沿肺经及背部膀胱经叩刺；小儿食积沿背部督脉叩刺；中风偏瘫沿背腰部督脉、膀胱经叩刺。

4. 阳性反应点叩刺

有些疾病会在与之相联系的皮肤上出现各种反应，特别是在背部脊柱两旁，出现如疼痛、压痛、颜色变化、皮内结节等反应，称为阳性反应点。通过叩刺这些阳性反应点，可以起到治疗相关疾病的作用。

五、针具特点

梅花针由针柄和针头组成。

(1)针柄　梅花针的针柄分为软柄和硬柄两种。软柄一般用牛角制成,富有弹性,针柄长度约 15～20cm。硬柄一般由金属、玻璃等制成,针柄长度约 25～30cm。

(2)针头　梅花针的针头为一锤形物件,下方为一莲蓬状针盘,针盘上镶嵌一定数量的钢针。钢针长短一致,排布整齐。针尖光滑、稍圆钝,无倒钩。

六、针具使用方法

1. 消毒

梅花针疗法有一定的创伤性,钢针直接与血液和体液接触,所以要严格消毒,预防感染。梅花针使用后要先清洗干净,去除钢针之间的皮屑、血液等,然后消毒,一般用 2%碱性戊二醛溶液浸泡 10 小时,也可用 75%的乙醇浸泡半小时以上。

2. 保管

梅花针使用后,经清洗消毒,用消毒棉纱或消毒棉球包好针头,放置于清洁干燥的地方即可,一般可放置在专门装针具的铝盒里,避免针尖与硬物碰撞,以免损坏针尖。梅花针保管方便,无特殊要求。

3. 持针

梅花针的持针方法按软柄与硬柄来分有两种。

(1)*软柄梅花针持针法*　手握拳状,拳眼向上,将针柄末端固定在掌心,拇指和食指顺势握住针柄,拇指在上,食指在下,使针柄呈水平位。

(2)*硬柄梅花针持针法*　手半握拳状,手背向上,手掌向下,无名指和小指将针柄固定在小鱼际处,以拇指、中指挟持针柄,食指置于针柄中段上面。

不论软柄还是硬柄梅花针持针法,都要求持针稳定,手腕灵活。

4. 手法

梅花针的基本手法为“叩刺”,即运用腕部的摆动,带动梅花针,使钢针叩击在皮肤上,并迅速弹起,反复进行。梅花针的手法虽然简单,但也有特定要求。

(1)*要活*　梅花针叩刺是以腕部活动为中心的,腕部运动要灵活,使钢针叩击在皮肤上能迅速弹起。叩击的动作要灵活,叩击的频率要达到 150 次/分,频率过慢,叩击就失去了“弹性”。

(2)*要稳*　首先持针要稳,持针不稳,难以控制力度、频率、幅度。然

后，叩击要稳，就是说叩击要有一定的频率、力度，节律要整齐。还有，每次都要叩击到既定区域，逐渐移动，不能一下这里，一下那里。

（3）要直　针尖要垂直接触皮肤，不能有倾斜。

（4）要弹　要求梅花针叩击到皮肤时，给予皮肤一定的力量后迅速弹起。只有达到“活”、“稳”与“直”，把三者结合起来，才能达到“弹”。

初学梅花针者在操作上常犯以下一些错误，注意对照纠正。

（1）压刺　梅花针叩击皮肤后，不能迅速弹起。这是手腕不够灵活所致，应加强腕部的锻炼。

（2）飘刺　梅花针刚接触皮肤，还没达到应有力量的刺激即离开皮肤。这是用力不够稳，或因操作者胆怯造成。

（3）斜刺　这是手腕不够灵活，加上用力不稳，针尖接触皮肤时，未能与皮肤垂直造成的。

（4）拖刺　这是用力不稳，针尖离开皮肤时，未能与皮肤垂直造成的。

5. 练针

梅花针操作虽然简单，但要能正确、熟练地掌握好还是需要刻苦练习的。练习梅花针可以用纸巾作垫子，进行叩击。要做到叩击的节律整齐，力度均匀。要认准一个地方，力求做到每次都能叩击准确。腕部的灵活性对梅花针的操作有重要的影响，腕部要灵活，需要做到沉肩、坠肘、悬腕，并多练习。叩击纸垫到一定程度，可以在自己身上练习，亲身体验梅花针刺的感觉，以及叩刺皮肤的手感。

七、操作规程

1. 消毒方法

针具使用前，可放入75%的乙醇中浸泡30分钟左右。施术部位和操作者的手指应用75%乙醇棉球消毒。

2. 体位选择

治疗体位选择以施术者能够正确取穴、操作方便、病人舒适为原则。常用体位有3种，即卧位、坐位和立位。

卧位可分为仰卧位、侧卧位、俯卧位；坐位又可以分为仰靠坐位、侧伏坐位、俯伏坐位等。其适宜操作部位如下。

（1）仰卧位　适用于头、面、颈、胸、腹部和部分四肢的穴位。

（2）侧卧位　适用于侧头、侧胸、侧腹、臂和下肢外侧等部位的穴位。

（3）俯卧位　适用于头、项、肩、背、腰、骶和下肢后面、外侧等部位的穴位。

(4)仰靠坐位　适用于前头、面、颈、胸上部和上肢的部分穴位。

(5)侧伏坐位　适用于侧头、侧颈部的穴位。

(6)俯伏坐位　适用于头顶、后头、项、肩、背部的穴位。

(7)立位　很少用，站立时应双手扶住墙壁或其他物体，以有所依托。

3. 强度

根据病情的不同，叩击的强度分为轻度、中度和重度。

(1)轻度叩刺　用较轻腕力叩刺，针尖接触皮肤时间较短，局部皮肤略见潮红，基本无渗血，患者疼痛感觉很轻微。运用较广泛，对于老人、儿童及体弱者尤其适宜。

(2)中度叩刺　叩刺的腕力介于弱、强刺激之间，局部皮肤潮红，稍有渗血，患者稍觉疼痛。运用广泛，对于大多数疾病都可运用。

(3)重度叩刺　叩刺的力度强，局部皮肤可见明显渗血。重度刺激较疼痛，一般较少运用，多用在放血及阳性反应物叩刺。重度叩刺不要求皮肤潮红，局部皮肤渗血即可，一般叩刺 5～10 下即可达到要求。

八、注意事项

1. 严格消毒叩刺部位，梅花针疗法是有创的，必须严格消毒，预防感染。

2. 针具使用后要认真清洗，严格消毒，妥善保管，检查针尖是否整齐、有无倒钩。如有条件，一人专用一针。

3. 施术者应勤于练针，针尖与皮肤要垂直，叩刺做到准、活、弹，减轻患者疼痛。

4. 局部皮肤有溃疡、感染者，不宜运用梅花针疗法。

5. 关节活动处，刺激不宜过重，以免皮肤损伤，形成瘢痕，影响关节活动。

6. 叩刺后如果有渗血，先用 75％的乙醇擦拭干净，再用消毒乙醇干棉球按压片刻，避免瘀血引起皮下血肿。

7. 避免抓挠，如局部有感染，应运用抗生素抗感染。

九、常见反应及处理方法

梅花针疗法治疗安全可靠，一般无危险性和不良反应。但是，如果病人过分担心或操作时疏忽大意，或针刺技术不够熟练，也有可能导致异常

情况的发生。在施术过程中要严格消毒，规范操作，同时要密切观察病人的反应，防止发生晕针、血肿、皮肤过敏和感染等意外情况。若在操作过程中遇到异常反应，应沉着、冷静，不要慌张，及时进行处理。

1. 晕针

（1）原因　患者精神紧张，疲劳、空腹饥饿。

（2）现象　晕针是一种突发、短暂的过度应激反应。发作时病人面色苍白，出冷汗，血压下降，脉细，严重者瞳孔散大，光反应迟钝，呼吸减弱，睫反射降低，大小便失禁，可有短暂意识丧失。一般经过适当处理或不作任何处理，意识可自行恢复，多不留后遗症。

（3）处理措施　施针前要做好解释工作，消除患者顾虑。梅花针疗法出现晕针的几率较毫针针刺小很多，出现晕针时应立即停止叩刺，让病人平卧休息，适当饮温开水，放上热水袋温敷额头；严重者，可用艾条艾灸百会穴或用毫针针刺人中、合谷、足三里等穴位。

2. 局部血肿

（1）原因　针尖弯曲带钩，使皮肉受损，或刺伤血管，血液外流，瘀血积蓄所致。梅花针疗法出血量是很少的，所以一般也不会出现局部血肿。即使出现局部血肿一般也是很轻微的。

（2）现象　治疗后，叩刺部位肿胀疼痛，继则皮肤呈现青紫色。

（3）处理措施　若微量的皮下出血而局部小块青紫时，一般不必处理，可以自行消退。若局部肿胀疼痛较剧、青紫面积大时，可先作冷敷止血，再做热敷或在局部轻轻揉按，以促使局部瘀血消散吸收。

3. 皮肤过敏

（1）原因　患者体质因素。

（2）现象　叩刺部位出现斑丘疹、瘙痒。

（3）处理措施　轻者无需特殊处理，治疗一段时间后可自行消退，重者暂停梅花针治疗，可予抗过敏药内服、外敷。

4. 感染

（1）原因　多因操作时消毒不严格所引起。

（2）现象　叩刺治疗几天后，局部出现红、肿、热、痛，针眼处小脓点等情况。轻者一般全身症状很轻或者不出现全身症状，重者可出现发热、怕冷、头疼、疲乏等。

（3）处理措施　严禁在感染部位再进行叩刺，局部可贴敷消炎药，严重者可口服抗生素。

十、适应证及禁忌证

1. 适应证

梅花针疗法适应范围广，对内、外、妇、儿、五官各科病证均有较好疗效。不论实证、虚证、热证、寒证，均可运用。总体来讲，梅花针疗法主要有祛风通络、活血化瘀、行气通阳、泻热止痛等功效，更适宜于实证、热证。如内科的咳嗽、腹泻，外科的扭伤、瘀肿，妇科的月经不调、痛经，儿科的厌食、夜啼，五官科的面瘫、牙痛等均可运用梅花针疗法。

2. 禁忌证

临床应用梅花针疗法，有宜有忌，因此必须根据患者的病情、体质和某些特殊情况，灵活掌握，以防发生意外。梅花针疗法禁忌有以下几种：凝血机能障碍，有自发性出血倾向者；孕妇、产后及习惯性流产者；治疗部位有感染者。

第二章　梅花针疗法用于内科疾病

第一节　感　冒

感冒是一种外感风邪或时行病毒所引起的发热性疾病，现代医学称之为呼吸道感染性疾病。

临床表现为发热、恶寒、头痛、鼻塞、流涕、喷嚏、咳嗽、咽喉肿痛、脉浮。感冒一年四季皆可发病，以冬春寒冷季节为多，是临床常见的多发病。由于外感病邪不同，感冒有风寒、风热和暑湿之分。

一、风寒感冒

（一）症状

恶寒重，发热轻，头痛无汗，流清涕，痰稀白，口不渴，舌淡红，苔薄白，脉浮紧。

（二）治法

1. 方法一

（1）选穴　风池、风门、肺俞、大椎、外关。

（2）定位　风池：在项部，当枕骨之下，与风府相平，胸锁乳突肌与斜方肌上端之间的凹陷处。见图 2-1-2。

风门：在背部，当第二胸椎棘突下，旁开 1.5 寸。见图 2-1-3。

肺俞：在背部，当第三胸椎棘突下，旁开 1.5 寸。见图 2-1-4。

大椎：在背部后正中线上，第七颈椎棘突下凹陷中。见图 2-1-1。

外关：前臂背面，腕横纹上两寸，桡骨与尺骨之间凹陷处。见图 2-1-5。

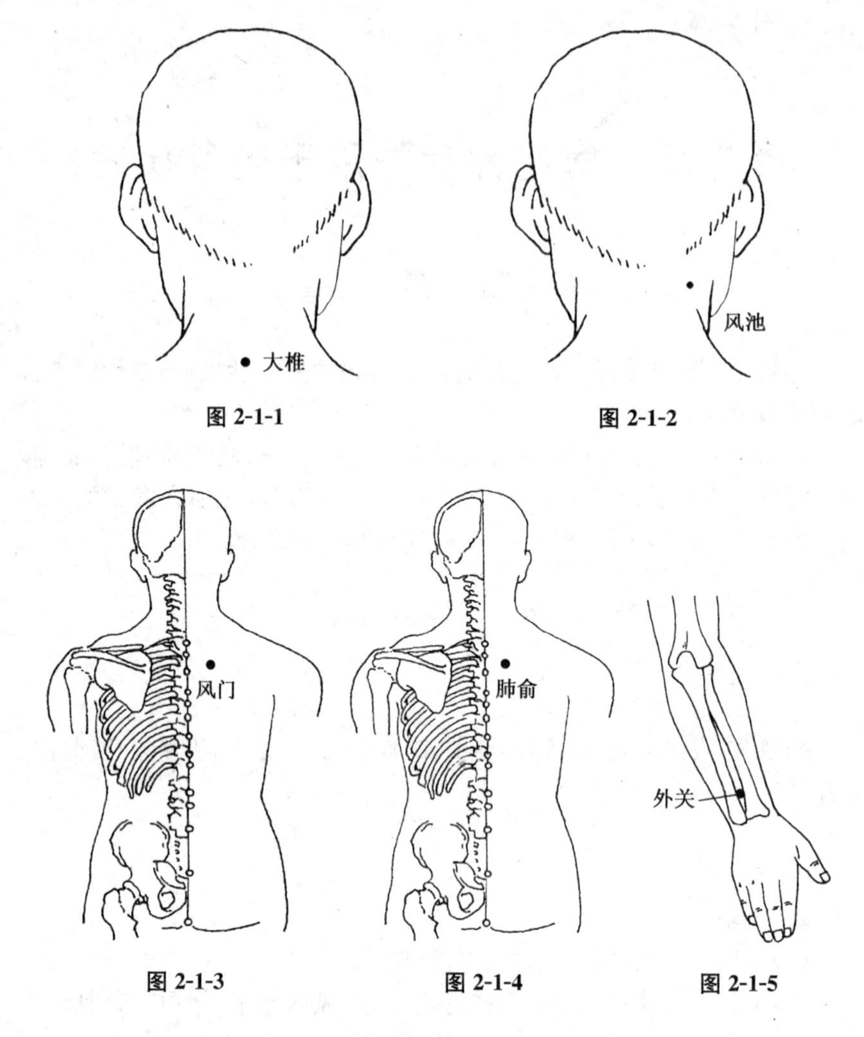

图 2-1-1　图 2-1-2

图 2-1-3　图 2-1-4　图 2-1-5

(3)操作方法　常规消毒后，梅花针中度叩刺，使皮肤潮红。每日 1 次，5 次为 1 疗程。

2. 方法二

(1)选穴　颈背部膀胱经、督脉。

(2)定位　颈部膀胱经：在颈部，脊柱正中旁开约 1.3 寸。

背部膀胱经：在背部，脊柱正中旁开约 1.5 寸和 3 寸。

颈背部督脉：在颈部及背部，脊柱正中。

(3)操作方法　常规消毒后，梅花针中度叩刺，使皮肤潮红。每日

1次，5次为1疗程。

二、风热感冒

（一）症状

恶寒轻，发热重，头痛有汗，流浊涕，痰黄稠，口渴，舌红，苔薄黄，脉浮数。

（二）治法

1. 方法一

（1）选穴　大椎、少商、曲池、外关、列缺。

（2）定位　大椎：见前。

少商：在大拇指末节桡侧，距指甲角0.1寸（指寸）处。见图2-1-8。

曲池：在肘部，屈肘，肘横纹桡侧端凹陷中。见图2-1-6。

外关：见前。

列缺：在前臂桡侧，桡骨茎突上方，腕横纹上1.5寸。见图2-1-7。

（3）操作方法　梅花针中度叩刺，使皮肤潮红。每日1次，5次为1疗程。

2. 方法二

（1）选穴　大椎、合谷、风门、曲池。

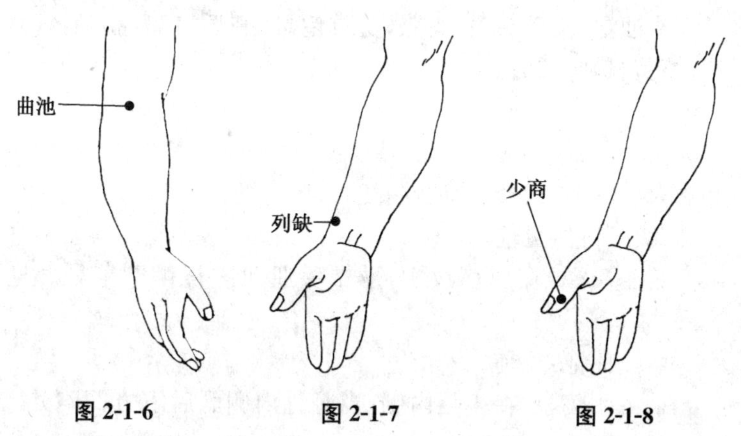

图2-1-6　　图2-1-7　　图2-1-8

(2)定位　大椎:见前。

合谷:第一、第二掌骨间,第二掌骨桡侧中点。见图 2-1-9。

风门:见前。

曲池:见前。

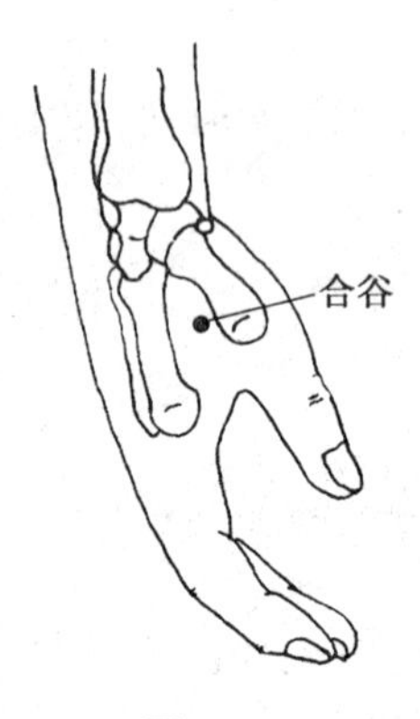

图 2-1-9

(3)操作方法　常规消毒后,梅花针中度叩刺,使皮肤潮红。每日 1 次,5 次为 1 疗程。

三、暑湿感冒

(一)症状

多见于夏季,感受当令暑邪,暑多夹湿,暑湿并重,症见发热、汗出热不解,鼻塞流浊涕,头昏头痛、头胀,身重倦怠,心烦口渴,胸闷欲呕,尿短赤,舌红,苔黄腻,脉濡数。

(二)治法

(1)选穴　肺俞、尺泽、曲池、阴陵泉、足三里。

(2)定位　肺俞:见前。

尺泽:在肘横纹中,肱二头肌肌腱桡侧凹陷处。见图 2-1-10。

曲池:见前。

阴陵泉:在小腿内侧,当胫骨内侧髁后下方凹陷处。见图 2-1-11。

足三里：在小腿前外侧，当犊鼻下3寸，距胫骨前缘一横指（中指）。见图2-1-12。

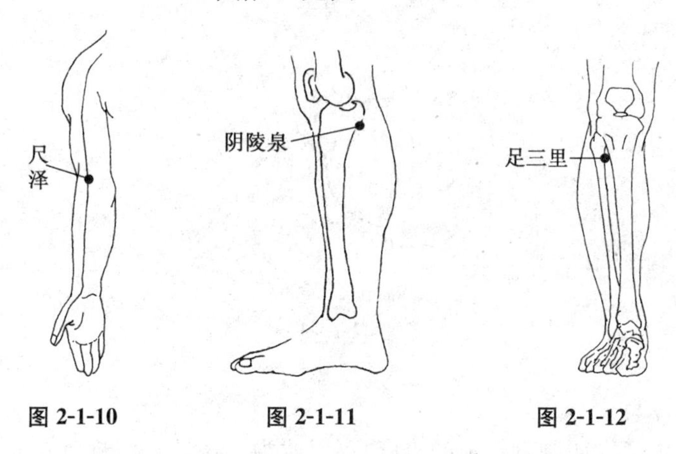

图2-1-10　　图2-1-11　　图2-1-12

（3）操作方法　常规消毒后，梅花针中度叩刺，使皮肤潮红。每日1次，5次为1疗程。

四、对症治疗

感冒患者大多数有咽喉部不适或疼痛等，可以予三棱针少商或耳尖放血，通常能收到很好的疗效，部分患者咽部不适或疼痛在放血数分钟后即能得到很大缓解。如果没有三棱针，也可以用注射针头代替，一般用0.5mm或0.8mm规格的注射针头。先予酒精在少商穴或耳尖常规消毒，用三棱针迅速点刺一下，接着挤压局部，使血液渗出，同时用酒精棉球擦拭出血点，防止血液凝固。注意不要用干棉球，因为干棉球能加速血液凝固。

少商：见前。

耳尖：在耳廓的上方，当折耳向前，耳廓上方的尖端处。见图2-1-13。

五、注意事项

（1）治疗时，应对针刺工具、皮肤进行严格消毒。

（2）操作时需要充分暴露治疗部位，所以注意保暖，增加室内温度。

（3）避免抓挠，如局部有感染，应运用抗生素抗感染。

（4）为提高疗效，叩击梅花针后，可以在背部膀胱经加拔火罐。

（5）通常的感冒，一般1疗程即可痊愈。注意清淡饮食，保暖，多饮

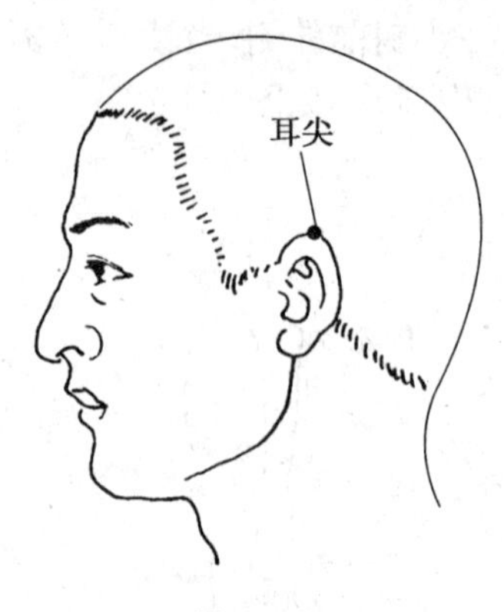

图 2-1-13

水，保证休息。

(6)少商穴叩刺有一定的难度，可以改为三棱针点刺放血。

六、病例

陈某，男，28岁。2006年7月1日初诊。主诉：2天前咽痛、流涕，继而发热、头痛，稍有汗出，微口渴，未作特殊处理，未自行好转，遂来就诊。查：T 38.3℃，咽充血明显、扁桃体Ⅱ度肿大。现症见发热，稍恶寒，微微汗出，鼻塞，咽喉部不适。舌质红、苔薄微黄，脉浮数，小便黄。诊为感冒，证属风热感冒。予大椎、曲池、外关、风门、合谷、列缺重度叩刺，使皮肤潮红，在背部膀胱经加拔火罐。治疗1次后即觉病情明显好转，3次诸症全消。

第二节 咳　　嗽

咳嗽是机体对侵入气道的病邪的一种保护性反应。古人以有声无痰为咳，有痰无声为之嗽，临床上二者常并见，通称为咳嗽。根据发作时特点及伴随症状的不同一般可以分为风寒咳嗽、风热咳嗽及风燥咳嗽。

一、风寒咳嗽

(一)症状

咳嗽声音较重，咽痒，咳痰较稀薄，色白，多兼有鼻塞，流清涕，头痛，肢体酸痛，怕冷，或见发热，无汗，舌淡红，苔薄白，脉浮或浮紧。

（二）治法

1. 方法一

（1）选穴　大椎、风门、鱼际、外关、合谷。

（2）定位　大椎：背部后正中线上，第七颈椎棘突下凹陷中。见图 2-1-1。

风门：在背部，当第二胸椎棘突下，旁开 1.5 寸。见图 2-1-3。

鱼际：在手拇指本节（第一掌指并节）后凹陷处，约当第一掌骨中点桡侧，赤白肉际处。见图 2-2-1。

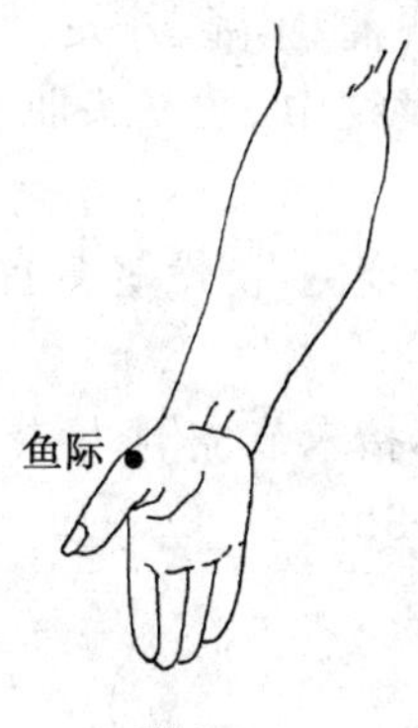

图 2-2-1

外关：前臂背面，腕横纹上两寸桡骨与尺骨之间凹陷处。见图 2-1-5。

合谷：第一、第二掌骨间，第二掌骨桡侧中点。见图 2-1-9。

（3）操作方法　梅花针中度叩刺，使皮肤潮红。每日 1 次，5 日为 1 疗程。

2. 方法二

（1）选穴　背部膀胱经、背部督脉。

（2）定位　背部膀胱经：在背部，脊柱正中旁开约 1.5 寸和 3 寸。

背部督脉：在背部，脊柱正中。

（3）操作方法　常规消毒后，梅花针中度叩刺，使皮肤潮红。每日 1 次，5 次为 1 疗程。

二、风热咳嗽

（一）症状

咳嗽频繁、剧烈，气粗或咳声沙哑，喉燥咽痛，咳痰不爽，痰黏稠或稠黄；多兼有咳时出汗，鼻流黄涕，口渴，头痛，肢体酸软，怕风，身体发热，舌红，苔薄黄，脉浮数或浮滑。

（二）治法

1. 方法一

（1）选穴　尺泽、列缺、少商、丰隆、外关、风门。

（2）定位　尺泽：在肘横纹中，肱二头肌肌腱桡侧凹陷处。见图 2-1-10。

列缺：在前臂桡侧，桡骨茎突上方，腕横纹上 1.5 寸。见图 2-1-7。

少商：在手拇指末节桡侧，距指甲角 0.1 寸（指寸）处。见图 2-1-8。

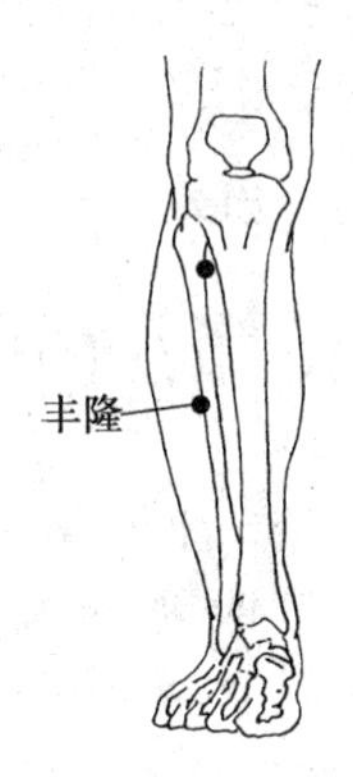

图 2-2-2

丰隆：在小腿前外侧，当外踝尖上 8 寸，距胫骨前缘二横指（中指）。见图 2-2-2。

外关：前臂背面，腕横纹上两寸，桡骨与尺骨之间凹陷处。见图 2-1-5。

风门：在背部第二胸椎棘突下，旁开 1.5 寸。见图 2-1-3。

(3)操作方法　常规消毒后,梅花针中度叩刺,使皮肤潮红,并有少量渗血。叩刺完毕后先用75%乙醇擦拭,再用消毒干棉球按压片刻。每日1次,5次为1疗程。

2. 方法二

(1)选穴　大椎、肺俞、曲池、合谷、风池。

(2)定位　大椎:见前。

肺俞:在背部,当第三胸椎棘突下,旁开1.5寸。见图2-1-4。

曲池:在肘部,屈肘,肘横纹桡侧端凹陷中。见图2-1-6。

合谷:见前。

风池:在项部,当枕骨之下,与风府相平,胸锁乳突肌与斜方肌上端之间的凹陷处。见图2-1-2。

(3)操作方法　常规消毒后,梅花针中度叩刺,使皮肤潮红,并有少量渗血。叩刺完毕后先用75%乙醇擦拭,再用消毒干棉球按压片刻。每日1次,5次为1疗程。

三、风燥咳嗽

(一)症状

干咳,连声作呛,无痰或有少量黏痰,不易咳出;多伴有喉咙发痒,唇鼻干燥,咳甚则胸痛,或痰中带有血丝,口干,咽干而痛,或鼻塞,头痛,微寒,身热,舌红干而少津,苔薄白或薄黄而干,脉浮数。

(二)治法

(1)选穴　肺俞、尺泽、孔最、照海、太溪。

(2)定位　肺俞:见前。

尺泽:见前。

孔最:在前臂掌侧,太渊与尺泽之间,太渊上7寸。见图2-2-3。(太渊:在掌侧腕横纹上,当桡动脉搏动处;尺泽:在肘横纹上,肱二头肌长头腱桡侧凹陷中)。

照海:足踝部,内踝尖下方凹陷中。见图2-2-4。

太溪:在足跟部,内踝尖与跟腱之间凹陷中。见图2-2-5。

(3)操作方法　常规消毒后,梅花针中度叩刺,使皮肤潮红。每次1次,5次为1疗程。

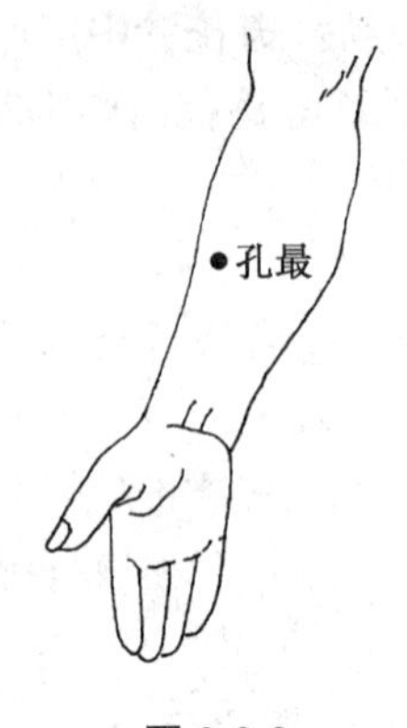

图 2-2-3

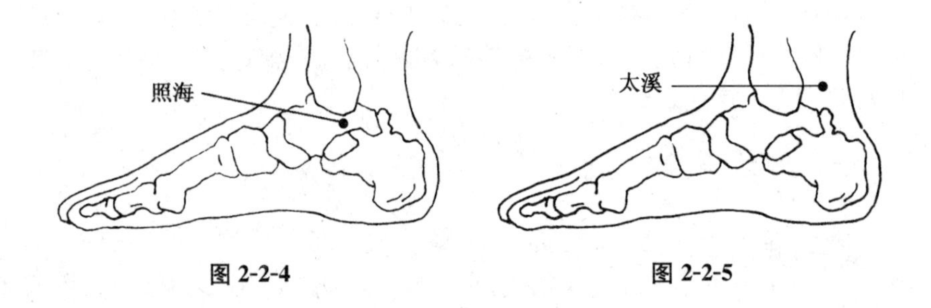

图 2-2-4　　图 2-2-5

四、注意事项

（1）治疗时，应对针刺工具、皮肤进行严格消毒。

（2）避免抓挠，如局部有感染，应运用抗生素抗感染。

（3）咳嗽病程较长者，治疗需要的时间也会相应较久，需要坚持长期治疗。

（4）忌食辛辣、虾蟹、牛羊肉、浓茶、咖啡等燥热发物。

（5）有的咳嗽患者，特别是病程较长者，在背部肩胛骨之间，当第一到第五胸椎间，可以诊及压痛、结节等阳性反应点，予梅花针叩刺增强疗效。

五、病例

陈某，女，65岁。患者数年来间断咳嗽，咳痰，时好时坏，近日天气变化，咳嗽加重来诊。症见咳嗽，咳少量白色痰，难咳出，夜间加剧，平素怕冷喜暖，舌红，苔白，脉沉弦。诊断为风寒咳嗽，取大椎、风门、鱼际、外关、

合谷，常规消毒后，梅花针中度叩刺，使皮肤潮红。患者年老怕冷，阳气虚弱，再予梅花针中度叩刺背部膀胱经及督脉，振奋阳气。每日1次，5日为1疗程。治疗1疗程后咳嗽减轻。继续治疗3疗程后，病情痊愈。为巩固疗效，再单纯予梅花针中度叩刺督脉，振奋阳气，扶助正气，10天为1疗程。治疗2疗程后，患者觉身体舒爽，精神畅快，后一直由家人给予梅花针叩刺督脉，随访1年未再发咳嗽。

第三节　哮　　喘

哮喘是由于宿痰伏肺，遇诱因引触，导致痰阻气道，气道挛急，肺失肃降，肺气上逆所致的发作性痰鸣气喘疾患。发作时喉中哮鸣有声，呼吸急促困难，甚则喘息不能平卧。引发哮喘的原因有多种，主要病因为过敏原刺激和肺部病毒感染。常见的过敏原有花粉、灰尘、霉菌、吸烟、化学气体及动物皮屑等。本病有季节性发病或加重的特点，常先有喷嚏、咽喉发痒、胸闷等先兆症状，如不及时治疗可迅速出现哮喘。根据发作时特点及伴随症状的不同一般可以分为寒哮、热哮及脾肺虚弱、气虚乏力3型。

一、寒哮

（一）症状

呼吸急促，喉中哮鸣有声，胸膈满闷如塞；伴有咳嗽，痰少咳吐不爽，或清稀呈泡沫状，口不渴，或渴喜热饮，面色晦暗带青色，形寒怕冷，或小便清，天冷或受寒易发，或怕冷，无汗，身体疼痛，舌淡，苔白腻，脉弦紧或浮紧。

（二）治法

（1）选穴　风门、肺俞、定喘、膏肓、膻中、丰隆、命门。

（2）定位　风门：在背部，当第二胸椎棘突下，旁开1.5寸。见图2-1-3。

肺俞：在背部，当第三胸椎棘突下，旁开1.5寸。见图2-1-4。

定喘：在背部，第七颈椎棘突下，旁开0.5寸。见图2-3-1。

膏肓：在背部，当第三胸椎棘突下，旁开3寸。见图2-3-2。

膻中:前正中线上,两乳头间连线中点,平第四肋间。见图2-3-4。

丰隆:在小腿前外侧,当外踝尖上8寸,距胫骨前缘二横指(中指)。见图2-2-2。

命门:在后正中线上,第二腰椎棘突下凹陷中。见图2-3-3。

(3)操作方法　常规消毒后,梅花针中度叩刺,使皮肤潮红。每日1次,5次为1疗程。

二、热哮

(一)症状

气粗息涌,喉中痰鸣如吼,胸胁胀闷;伴有咳嗽频作,咳痰色黄,黏浊稠厚,咳吐不利,烦闷不安,不恶寒,汗出,面赤,口苦,口渴喜饮,舌红,苔黄腻,脉弦滑或滑数。

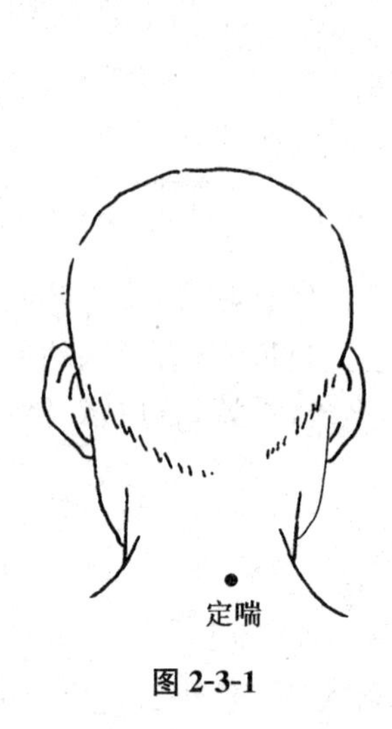

图2-3-1

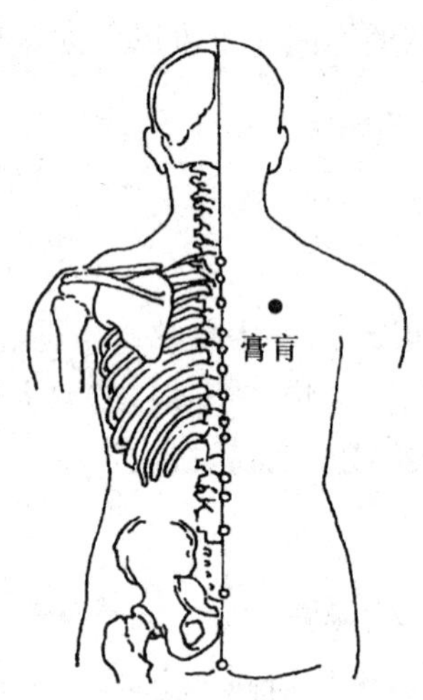

图2-3-2

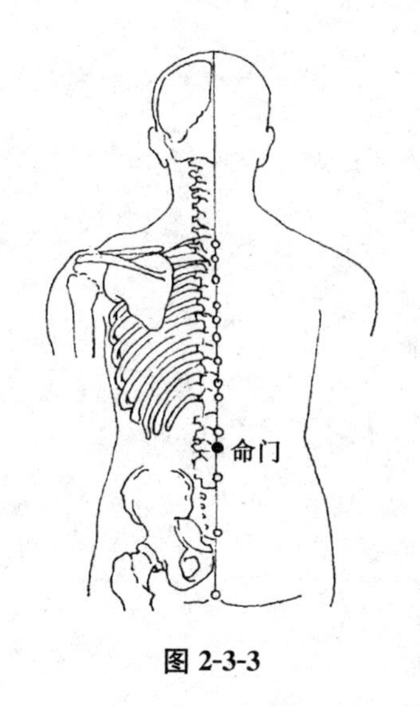

图 2-3-3

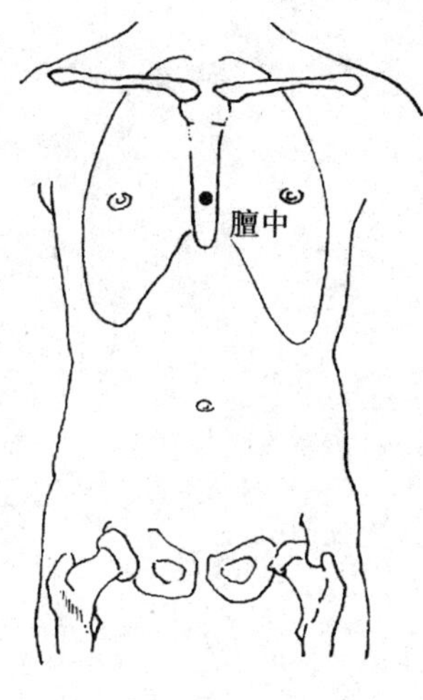

图 2-3-4

(二)治法

(1)选穴　大椎、定喘、肺俞、膈俞、尺泽、丰隆。

(2)定位　大椎：在背部后正中线上，第七颈椎棘突下凹陷中。见图 2-1-1。

定喘：见前。

肺俞：见前。

膈俞：在背部，当第七胸椎棘突下，旁开 1.5 寸。见图 2-3-5。

尺泽：在肘横纹中，肱二头肌腱桡侧凹陷处。见图 2-1-10。

丰隆：见前。

(3)操作方法　常规消毒后，梅花针中度叩刺，使皮肤潮红。每日 1 次，5 次为 1 疗程。

三、脾肺虚弱、气虚乏力

(一)症状

咳喘气短，稍运动则加剧，咳声较低，痰多清稀，神疲乏力，食欲减退，大便稀薄，舌淡苔薄白，脉细弱。

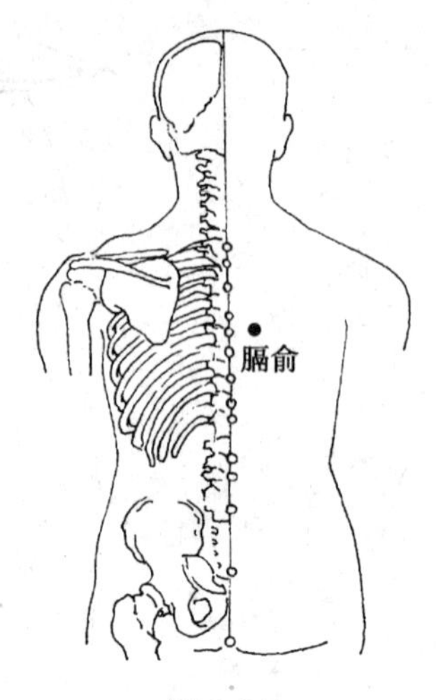

图 2-3-5

（二）治法

（1）选穴　肺俞、定喘、膈俞、胆俞、脾俞、肾俞、足三里。

（2）定位　肺俞：见前。

定喘：见前。

膈俞：见前。

胆俞：在背部，当第十胸椎棘突下，旁开 1.5 寸。见图 2-3-6。

脾俞：在背部，当第十一胸椎棘突下，旁开 1.5 寸。见图 2-3-7。

肾俞：在腰部，当第二腰椎棘突下，旁开 1.5 寸。见图 2-3-8。

足三里：在小腿前外侧，当犊鼻下 3 寸，距胫骨前缘一横指（中指）。见图 2-1-12。

（3）操作方法　常规消毒后，梅花针中度叩刺，使皮肤潮红。每日 1 次，5 次为 1 疗程。

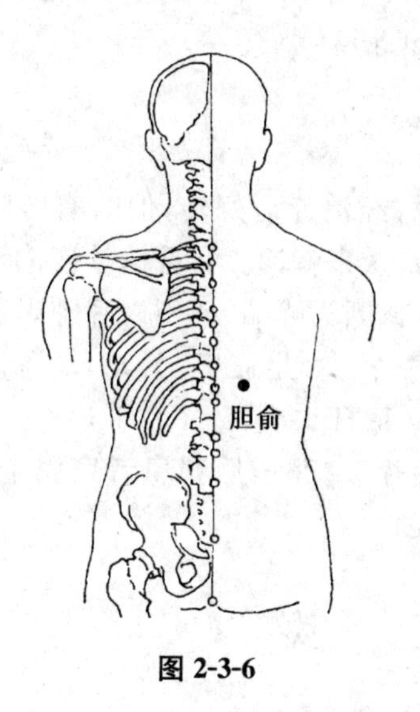

图 2-3-6

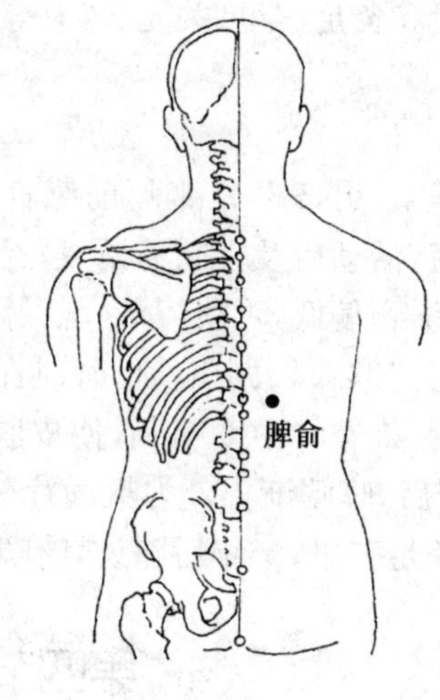

图 2-3-7

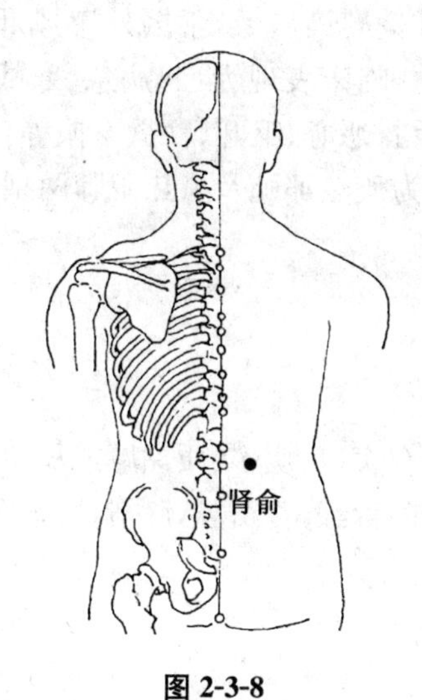

图 2-3-8

四、注意事项

(1)治疗时,应对针刺工具、皮肤进行严格消毒。

(2)避免抓挠,如局部有感染,应运用抗生素抗感染。

(3)忌食辛辣、虾蟹、牛羊肉、浓茶、咖啡等燥热发物。

(4)本病患者应注意锻炼身体,增强体质;对于年老体弱患者,可以予艾条温和灸足三里、关元、气海等穴，培补正气。

五、病例

杨某，男，5岁。半年前感冒后咳嗽，经治疗后好转，但时有咳喘，咳喘气短，活动后及夜间易诱发，迁延难愈，遂来就诊。症见精神疲倦，面白少华，语音偏低，舌淡，苔白腻，脉沉细。诊断为哮喘，证型为脾肺虚弱，气虚乏力。取肺俞、定喘、膈俞、胆俞、脾俞、肾俞、足三里、关元、气海，常规消毒后，梅花针中度叩刺，使皮肤潮红。每日1次，5日为1疗程。治疗3疗程后，哮喘渐止。为巩固疗效，再治疗3疗程，后嘱患者家属予艾条温和灸足三里，半年后随访，咳喘未复发。

第四节　肺　　炎

肺炎是由肺炎双球菌感染所致，常因外感风邪，劳倦过度，导致肺失宣降，痰热郁阻而发病。临床表现为：起病急、寒战、高热、咳嗽、咳痰、胸痛、气急、呼吸困难、发绀、恶心、呕吐、食欲不振等。根据发作时特点及伴随症状的不同，一般分为痰热郁肺及风热犯肺两型。

一、痰热郁肺

（一）症状

咳嗽气急，或喉中有痰声，痰多、质黏厚或稠黄，较难咳出，咳时胸痛，发热，口干欲饮水，面红，舌红，苔黄腻，脉滑数。

（二）治法

1. 方法一

(1)选穴　大椎、风门、定喘、肺俞、丰隆、曲池、合谷。

(2)定位　大椎：在背部后正中线上，第七颈椎棘突下凹陷中。见图2-1-1。

风门：在背部，当第二胸椎棘突下，旁开1.5寸。见图2-1-3。

定喘：在背部，第七颈椎棘突下，旁开0.5寸。见图2-3-1。

肺俞：在背部，当第三胸椎棘突下，旁开1.5寸。见图

2-1-4。

丰隆：在小腿前外侧，当外踝尖上 8 寸，距胫骨前缘二横指（中指）。见图 2-2-2。

曲池：在肘部，屈肘，肘横纹桡侧端凹陷中。见图 2-1-6。

合谷：第一、第二掌骨间，第二掌骨桡侧中点。见图 2-1-9。

(3)操作方法　常规消毒后，梅花针中度叩刺，使皮肤充分潮红，并有少量渗血。叩刺完毕后先用 75％乙醇擦拭，再用消毒干棉球按压片刻。每日 1 次，直到病愈。

2. 方法二

(1)选穴　前臂肺经循行路线、丰隆。

(2)定位　前臂肺经循行路线：大拇指指甲角桡侧旁开 0.5 寸，沿大拇指赤白肉际向上，循上臂掌面桡侧，达肘横纹中，肱二头肌桡侧凹陷。

丰隆：见前。

(3)操作方法　常规消毒后，梅花针中度叩刺，使皮肤充分潮红。每日 1 次，直到病愈。

二、风热犯肺

(一)症状

咳嗽频繁，喉咙干燥，咽痛，痰色黄，身热，伴有汗出，鼻流黄涕，口渴，面红目赤，舌红，苔薄黄，脉浮数。

(二)治法

1. 方法一

(1)选穴　大椎、定喘、肺俞、膈俞、丰隆、鱼际、曲池。

(2)定位　大椎：见前。

定喘：见前。

肺俞：见前。

膈俞：在背部，当第七胸椎棘突下，旁开 1.5 寸。见图 2-3-5。

丰隆：见前。

鱼际：在手拇指本节（第一掌指并节）后凹陷处，约当第一掌骨中点桡侧，赤白肉际处。见图 2-2-1。

曲池：见前。

(3)操作方法　常规消毒后，梅花针中度叩刺，使皮肤充分潮红，并有少量渗血。叩刺完毕后先用 75%乙醇擦拭，再用消毒干棉球按压片刻。每日 1 次，直到病愈。

2. 方法二

(1)选穴　大椎。

(2)定位　大椎：见前。

(3)操作方法　常规消毒后，梅花针重度叩刺，使明显渗血，再加拔火罐 5 分钟。取罐后先用 75%乙醇擦拭，再用消毒干棉球按压片刻。每日 1 次，直到病愈。

三、对症治疗

肺炎都伴有发热。对于发热，可以予三棱针耳尖放血，通常能很快退热。如果没有三棱针，也可以用注射针头代替，一般用 0.5mm 或 0.8mm 规格的注射针头。先予酒精在耳尖常规消毒，用三棱针迅速点刺一下，接着挤压局部，使血液渗出，同时用酒精棉球擦拭出血点，防止血液凝固，放血量可达 10 余滴。注意不要用干棉球，因为干棉球能加速血液凝固。

耳尖：在耳廓的上方，当折耳向前，耳廓上方的尖端处。见图 2-1-13。

四、注意事项

(1)治疗时，应对针刺工具、皮肤进行严格消毒。

(2)避免抓挠，如局部有感染，应运用抗生素抗感染。

(3)忌食辛辣、虾蟹、牛羊肉、浓茶、咖啡等燥热发物。

(4)对于本病，如果病情比较严重，需要运用抗生素治疗。

五、病例

赖某，男，22 岁。因发热，咳嗽，胸闷，咳黄色痰 2 天就诊。T：38.5℃，咳嗽，咳黄色黏痰，汗出，口干欲饮水，小便黄，舌苔黄，脉弦数。行 X 线检查提示：结合临床，考虑右中肺炎。诊断为：肺炎（痰热郁肺）。取风门、定喘、肺俞、丰隆、合谷、曲池常规消毒后，梅花针中度叩刺，使皮肤充分潮红；取大椎重度叩刺，使明显渗血，再加拔火罐 5 分钟。每日 1 次。第 1 次治疗后发热减轻，体温降至 37.5℃，继续治疗 5 次痊愈。

第五节　眩　　晕

临床上以头晕、眼花为主症的一类病证称为眩晕。眩即眼花，晕是头晕，两者常同时并见，故统称为“眩晕”。其轻者闭目可止，重者如坐车船，有旋转不定的感觉，不能站立，或伴有恶心、呕吐、汗出、面色苍白等症状，严重者可突然仆倒。根据发作时特点及伴随症状的不同，一般分为气血亏虚、痰浊阻滞两型。

一、气血亏虚

（一）症状

眩晕，动则加剧，遇劳累则发作，伴有神疲懒言，四肢乏力，自汗出，面无光泽，色较苍白，唇甲淡白，时有心跳快，眠差，舌淡，苔薄白，脉细弱。

（二）治法

(1)选穴　印堂、太冲、太溪、膈俞、肝俞、肾俞、脾俞。

(2)定位　印堂：在前额部，当两眉头间连线与前正中线之交点处。见图 2-5-1。

太冲：在足背侧，当第一跖骨间隙的后方凹陷处。见图 2-5-2。

太溪：在足跟部，内踝尖与跟腱之间凹陷中。见图 2-2-5。

膈俞：在背部，当第七胸椎棘突下，旁开 1.5 寸。见图 2-3-5。

肝俞：在背部，当第九胸椎棘突下，旁开 1.5 寸。见图 2-5-3。

肾俞：在腰部，当第二腰椎棘突下，旁开 1.5 寸。见图 2-3-8。

脾俞：在背部，当第十一胸椎棘突下，旁开 1.5 寸。见图 2-3-7。

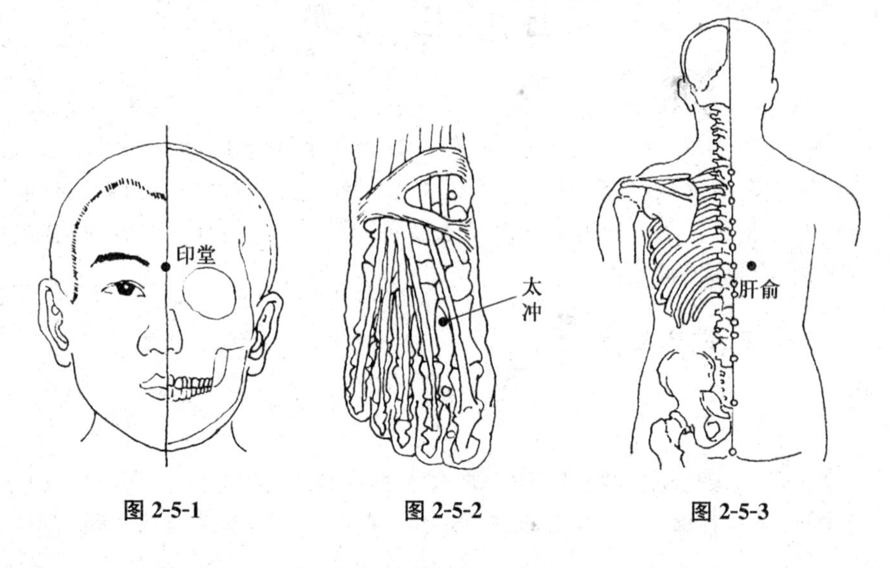

图 2-5-1　　图 2-5-2　　图 2-5-3

(3)操作方法　常规消毒后，梅花针中度叩刺，使皮肤潮红。每日1次，5次为1疗程。

二、痰浊阻滞

(一)症状

视物旋转，自觉头重，胸闷，时有恶心感，呕吐痰涎，胸腹部闷满不适，胃口差，精神疲倦，舌淡，苔白腻，脉弦滑。

(二)治法

(1)选穴　头维、脾俞、肝俞、膈俞、丰隆、足三里。

(2)定位　头维：在头侧部，在额角发际上0.5寸，头正中线旁4.5寸。见图2-5-4。

脾俞：见前。

肝俞：见前。

膈俞：见前。

丰隆：在小腿前外侧，当外踝尖上8寸，距胫骨前缘二横指(中指)。见图2-2-2。

足三里:在小腿前外侧,当犊鼻下 3 寸,距胫骨前缘一横指(中指)。见图 2-1-12。

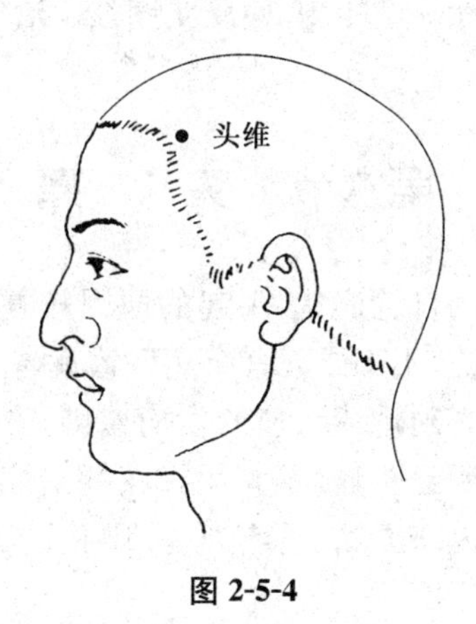

图 2-5-4

(3)操作方法 常规消毒后,梅花针中度叩刺,使皮肤潮红。每日 1 次,5 次为 1 疗程。

三、对症治疗

对于眩晕患者,可以用百会压灸的方法止晕。用艾绒做成约小指头大小的艾柱。放于百会穴,点燃艾柱,患者感觉温热时,用硬纸板垫住大拇指垂直把艾柱向下压熄灭。如果患者感觉一股热感从头顶向下传遍整个头部效果最好,症状会立刻缓解很多。

百会:后发际正中直上 7 寸,两耳尖连线中点,见图 2-6-1。

四、注意事项

(1)治疗时,应对针刺工具、皮肤进行严格消毒,特别是头部有头发覆盖处的腧穴。

(2)避免抓挠,如局部有感染,应运用抗生素抗感染。

(3)本病叩刺力度不宜过重,皮肤潮红即可。

五、病例

唐某,女,60 岁。近几年来时有头晕,劳累后易发作。每次眩晕发作几小时到几天不等,休息后可缓解。2 天前因受凉后头晕发作,休息后无明显好转，遂来就诊。症见神疲懒言，四肢乏力，面无光泽，色较苍白，唇甲淡白，纳眠差，舌淡，苔薄白，脉细弱。取印堂、大椎、太冲、太溪、膈俞、肝俞、肾俞、脾俞梅花针中度叩刺，使皮肤潮红。治疗 1 次后，眩晕明显好转，3 次即痊愈。

第六节 头 痛

头痛是一种常见的自觉症状，引起的原因较复杂。头痛主要是以头部疼痛为主的一种病证，头部或五官疾病可致头痛，头部以外或全身性疾病也可致头痛。所以必须辨清头痛的发病原因，方可对症治疗。但颅内占位性病变或颅外伤所致头痛，不宜用梅花针治疗。根据病因及发作时特点的不同一般分为风寒头痛、风热头痛、肝阳上亢头痛。

一、风寒头痛

（一）症状

全头痛，痛势较剧烈，痛连项背，常喜裹头，恶风寒，口淡不渴，舌淡红，苔薄白，脉浮紧。

（二）治法

（1）选穴　百会、太阳、印堂、头维、风池、大椎、外关。

（2）定位　百会：在头部，当前发际正中直上 5 寸，或两耳尖连线的中点处。见图 2-6-1。

太阳：在颞部，当眉梢与目外眦之间，向后约一横指的凹陷处。见图 2-6-2。

印堂：在前额部，当两眉头间连线与前正中线之交点处。见图 2-5-1。

头维：在头侧部，在额角发际上 0.5 寸，头正中线旁 4.5 寸。见图 2-5-4。

风池：在项部，当枕骨之下，与风府相平，胸锁乳突肌与斜方肌上端之间的凹陷处。见图 2-1-2。

大椎：在背部后正中线上，第七颈椎棘突下凹陷中。见图 2-1-1。

外关：前臂背面，腕横纹上两寸，桡骨与尺骨之间凹陷处。见图 2-1-5。

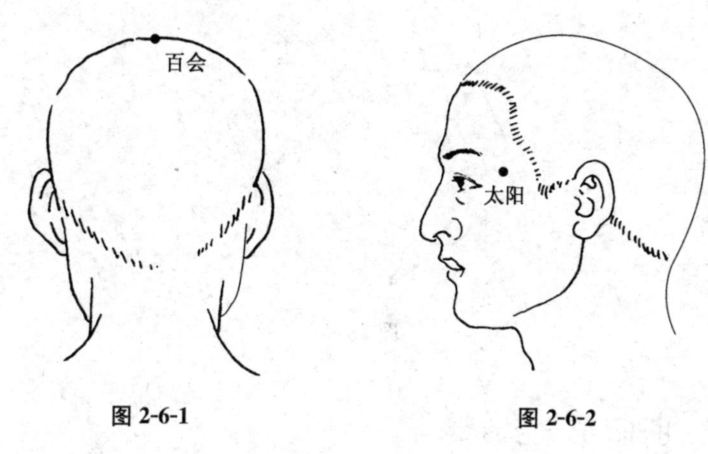

图 2-6-1　　图 2-6-2

(3)操作方法　常规消毒后，梅花针中度叩刺，使皮肤潮红。每日 1 次，5 次为 1 疗程。

二、风热头痛

(一)症状

头痛而胀，甚则疼痛如裂，伴有发热恶风，面红赤，口渴喜饮，大便秘结，小便黄赤，舌红，苔黄，脉浮数。

(二)治法

(1)选穴　太阳、头维、百会、大椎、率谷、合谷。

(2)定位　太阳：见前。

头维：见前。

百会：见前。

大椎：见前。

率谷：在头部，当耳尖直上入发际 1.5 寸，角孙穴直上方。见图 2-6-3。

合谷：第一、第二掌骨间，第二掌骨桡侧中点。见图 2-1-9。

(3)操作方法　常规消毒后，梅花针中度叩刺，使皮肤潮红。每日 1 次，5 次为 1 疗程。

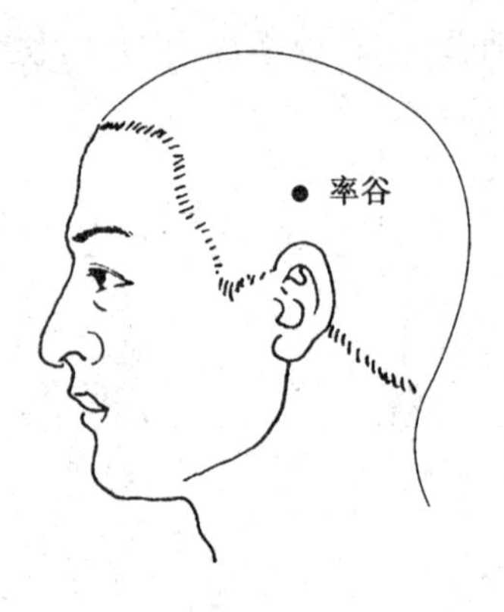

图 2-6-3

三、肝阳上亢头痛

(一)症状

头胀痛,头痛多为两侧,伴有头晕目眩,心烦易怒,面红目赤,口苦胁痛,失眠多梦,舌红,苔薄黄,脉沉弦有力。

(二)治法

1. 方法一

(1)选穴　率谷、头维、太冲、行间、风池、外关。

(2)定位　率谷:见前。

头维:见前。

太冲:在足背侧,当第一跖骨间隙的后方凹陷处。见图 2-5-2。

行间:在足背部,第一、第二趾间赤白肉际处。见图 2-6-4。

风池:见前。

外关:见前。

(3)操作方法　常规消毒后,梅花针中度叩刺,使皮肤潮红。每日 1 次,5 次为 1 疗程。

2. 方法二

(1)选穴　合谷、太冲、百会、头维、阳陵泉、太溪。

(2)定位　合谷:见前。

太冲：见前。

百会：见前。

头维：见前。

阳陵泉：在小腿外侧，当腓骨头前下方凹陷处。见图 2-6-5。

太溪：在足跟部，内踝尖与跟腱之间凹陷中。见图 2-2-5。

（3）操作方法　常规消毒后，梅花针中度叩刺，使皮肤潮红。每日 1 次，5 次为 1 疗程。

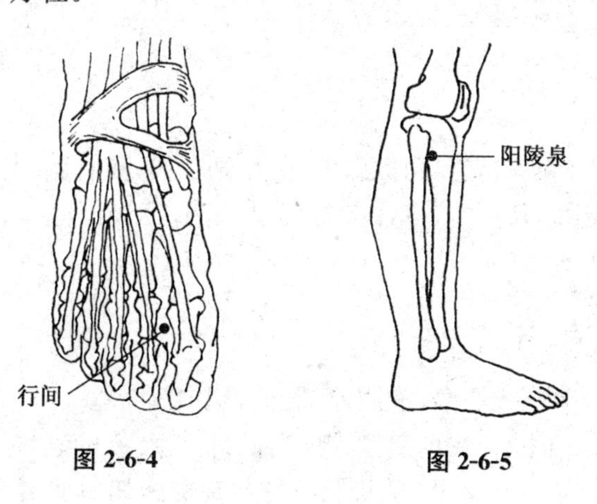

图 2-6-4　　图 2-6-5

四、注意事项

（1）治疗时，应对针刺工具、皮肤进行严格消毒，尤其是头部有头发覆盖的穴位。

（2）避免抓挠，如局部有感染，应运用抗生素抗感染。

（3）梅花针疗法能很好地缓解头痛，但要区分头痛属于功能性还是器质性。对于器质性头痛，需要积极治疗原发病，以免贻误病情。

五、病例

王某，女，58 岁。反复头痛约 5 年，本次无明显诱因出现头痛 2 天，以前额部最为明显，呈胀痛感，夜间加重。伴有心烦易怒，目赤干涩，口苦，多梦，舌红，苔薄黄，脉弦。诊断为肝阳头痛。取率谷、太冲、头维、行间、风池、外关、太溪梅花针中度叩刺，使皮肤潮红。每日 1 次，3 次后头痛基本好转，共治疗 5 次。随访半年未复发。

第七节 惊　悸

惊悸是指气血虚弱，痰饮瘀血阻滞心脉，心失所养，心脉不畅等引起的以惊慌不安、心脏急剧跳动、不能自主为主要症状的一种病证。本病临床多为阵发性，有时也有呈持续性者，并伴有胸痛、胸闷、喘息、吸气不够、头晕和失眠等症状。一般分为心气虚、胆怯易惊和心脾两虚两型。

一、心气虚、胆怯易惊

（一）症状

心悸不宁，善惊易怒，稍惊即发，劳累则加重，兼有胸闷气短，自汗出，坐卧不安，不愿闻及声响，少寐多梦而易惊醒，舌淡，苔薄白，脉细略数或细弦。

（二）治法

（1）选穴　内关、心俞、厥阴俞、肝俞、胆俞、印堂。

（2）定位　内关：在前臂掌侧，当曲泽与大陵的连线上，腕横纹上2寸，掌长肌肌腱与桡侧腕屈肌肌腱之间。见图2-7-1。

心俞：在背部，当第五胸椎棘突下，旁开1.5寸处。见图2-7-2。

厥阴俞：在背部，当第四胸椎棘突下，旁开1.5寸处。图2-7-3。

肝俞：在背部，当第九胸椎棘突下，旁开1.5寸。见图2-5-3。

胆俞：在背部，当第十胸椎棘突下，旁开1.5寸。见图2-3-6。

印堂：在前额部，当两眉头间连线与前正中线之交点处。见图2-5-1。

（3）操作方法　常规消毒后，梅花针中度叩刺，使皮肤潮红。每日1次，5次为1疗程。

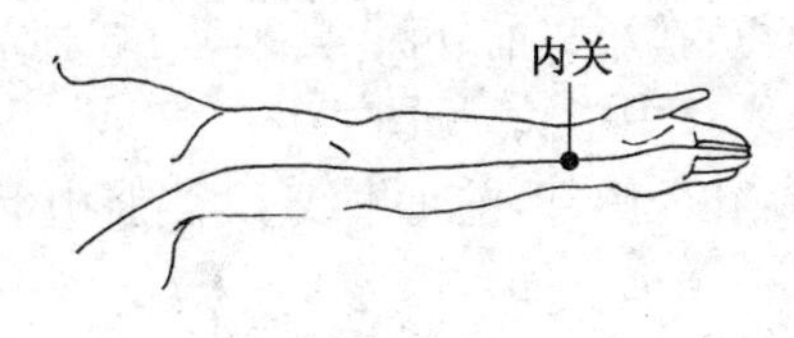

图 2-7-1

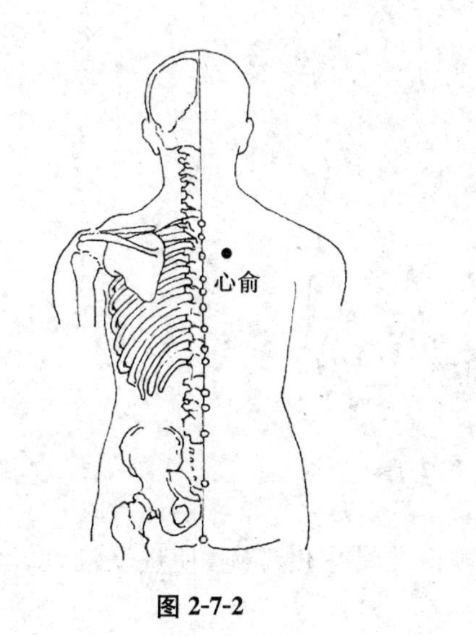

图 2-7-2

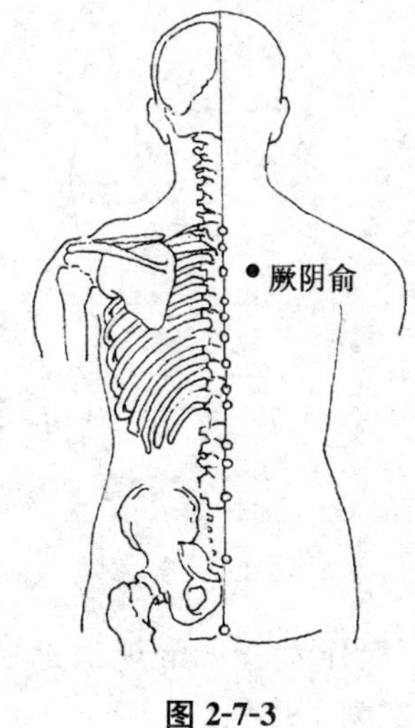

图 2-7-3

二、心脾两虚

(一)症状

心跳不安,气短,失眠多梦,思虑劳心则加重,多伴有神疲乏力,眩晕健忘,面色无华,口唇色淡,食少腹胀,大便稀烂,舌淡红,苔白,脉细弱。

(二)治法

(1)选穴　内关、心俞、脾俞、胆俞、足三里、中脘。

(2)定位　内关:见前。

心俞:见前。

脾俞:在背部,当第十一胸椎棘突下,旁开 1.5 寸。见图 2-3-7。

胆俞:见前。

足三里:在小腿前外侧,当犊鼻下 3 寸,距胫骨前缘一横指(中指)。见图 2-1-12。

中脘:在上腹部,前正中线上,当脐中上 4 寸。见图 2-7-4。

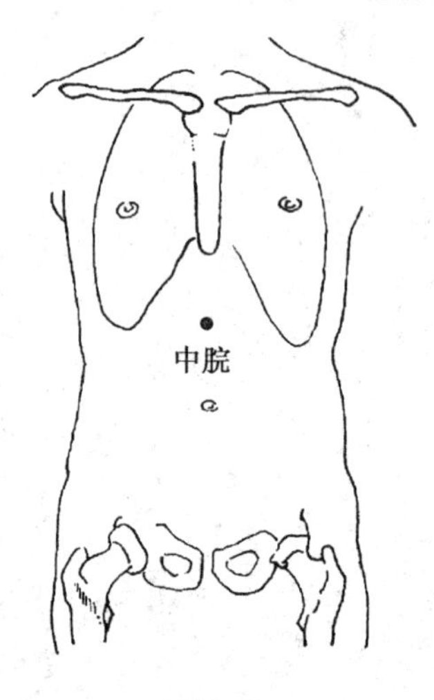

图 2-7-4

(3)*操作方法*　常规消毒后,梅花针中度叩刺,使皮肤潮红。每日 1 次,5 次为 1 疗程。

三、注意事项

(1)治疗时,应对针刺工具、皮肤进行严格消毒。

(2)避免抓挠,如局部有感染,应运用抗生素抗感染。

(3)本病呈发作性,治疗得效后,为巩固疗效,需要增加疗程,以防止复发。

四、病例

陈某,男,8 岁。半个月前因受惊吓,出现心慌心跳,胆怯易受惊,夜间易噩梦惊醒。舌红苔白,脉弦细。诊断为惊悸,证型为心气虚,胆怯易惊。予内关、心俞、厥阴俞、肝俞、胆俞、印堂梅花针中度叩刺,使皮肤潮红。每日 1 次,5 次为 1 疗程。2 疗程后,诸症基本消失,为巩固疗效,继续治疗 2 疗程,后未再复发。

第八节　慢性胃炎

凡由脾胃受损、气血不调引起的胃脘部疼痛，称为胃痛。慢性胃炎可由急性胃炎转变而来，也可因不良饮食习惯，长期服用对胃有刺激的药物，口、鼻、咽、幽门部位的感染病灶及自身的免疫性疾病等原因而导致。临床表现为慢性反复性的上腹部疼痛、胃口差、消化不良、胃酸过多、饱胀感、嗳气等。一般分为胃气壅滞、肝胃气滞、脾胃虚寒3型。

一、胃气壅滞

(一)症状

胃脘胀痛，食后加重，嗳气，有酸腐气味，或有明显伤食病史，或有感受外邪病史，或有怕冷、怕热、肢体困重等感觉，舌红，苔薄白或厚，脉滑。

(二)治法

(1)选穴　胃俞、脾俞、中脘、天枢、梁门、滑肉门、足三里。

(2)定位　胃俞：在背部，当第十二胸椎棘突下，旁开1.5寸处。见图2-8-1。

脾俞：在背部，当第十一胸椎棘突下，旁开1.5寸。见图2-3-7。

中脘：在上腹部，前正中线上，当脐中上4寸。见图2-7-4。

天枢：在腹中部，脐中旁开2寸。见图2-8-2。

梁门：在腹中部，脐中旁开2寸，上4寸。见图2-8-3。

滑肉门：在腹中部，脐中旁开2寸，上1寸。见图2-8-4。

足三里：在小腿前外侧，当犊鼻下3寸，距胫骨前缘一横指(中指)。见图2-1-12。

(3)操作方法　常规消毒后，梅花针中度叩刺，使皮肤潮红。每日1次，5次为1疗程。

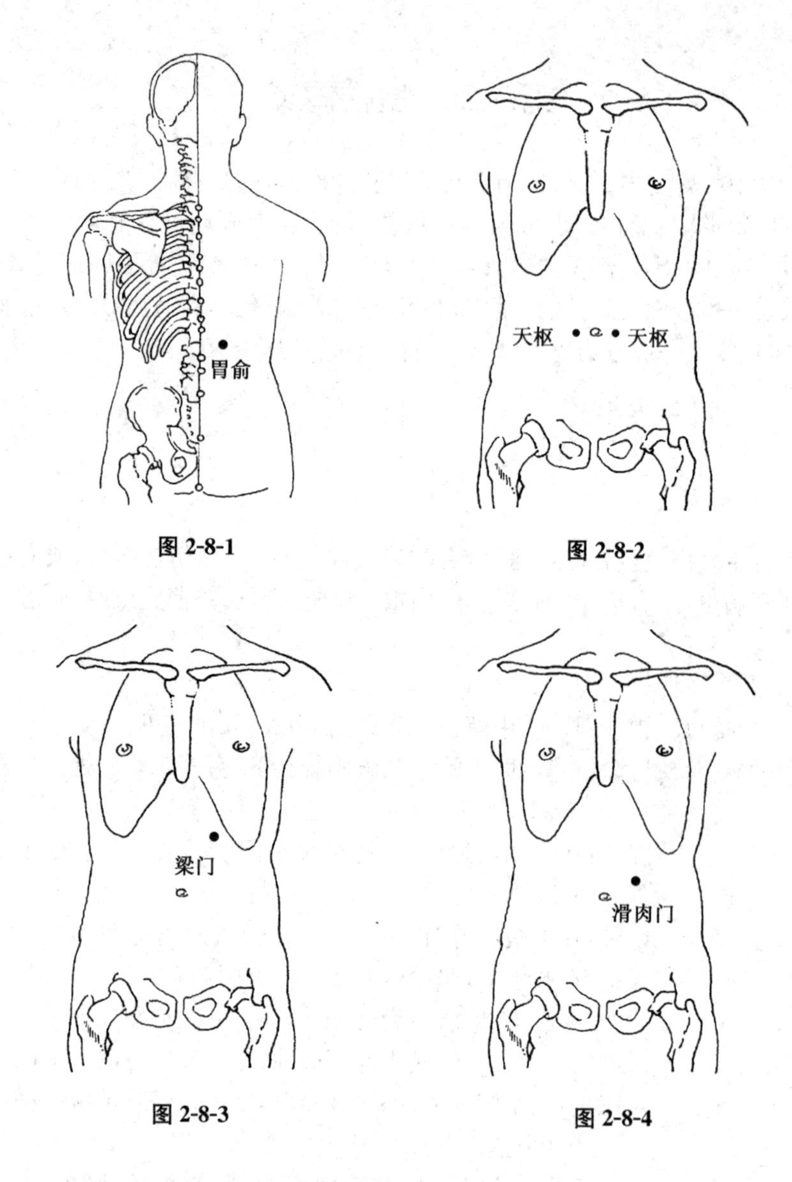

图 2-8-1

图 2-8-2

图 2-8-3

图 2-8-4

二、肝胃气滞

(一)症状

胃脘胀痛,连及两胁,疼痛攻撑走窜,可因情志变化而加重,伴有善太息,不思饮食,精神抑郁,夜寐不安,舌红,苔薄白,脉弦。

(二)治法

(1)选穴　胃俞、肝俞、中脘、足三里、行间、太冲、太溪。

(2)定位　胃俞:见前。

肝俞:在背部,当第九胸椎棘突下,旁开 1.5 寸。见图 2-5-3。

中脘:见前。

足三里:见前。

行间:在足背部,第一、第二趾间赤白肉际处。见图 2-6-4。

太冲:在足背侧,当第一跖骨间隙的后方凹陷处。见图 2-5-2。

太溪:在足跟部,内踝尖与跟腱之间凹陷中。见图 2-2-5。

(3)操作方法　常规消毒后,梅花针中度叩刺,使皮肤潮红。每日 1 次,5 次为 1 疗程。

三、脾胃虚寒

(一)症状

胃脘隐痛,遇寒冷或饥饿时疼痛加剧,得温暖或进食后则缓解,喜温暖,喜按揉,伴有面色差,神疲,四肢乏力、不温,食少便稀薄,或吐清水,舌淡,苔白,脉虚弱。

(二)治法

(1)选穴　脾俞、胃俞、足三里、关元、气海、中脘。

(2)定位　脾俞:见前。

胃俞:见前。

足三里:见前。

关元:在下腹部,前正中线上,当脐下 3 寸。见图 2-8-5。

气海:在下腹部,前正中线上,当脐下 1.5 寸。见图 2-8-6。

中脘:见前。

(3)操作方法　常规消毒后,梅花针中度叩刺,使皮肤潮红。每日 1 次,5 次为 1 疗程。

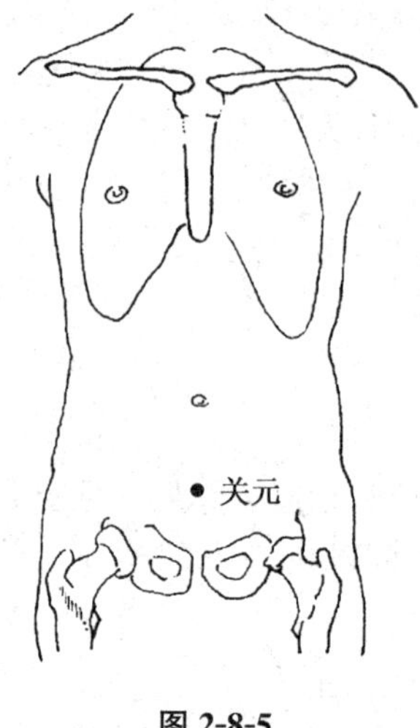

图 2-8-5

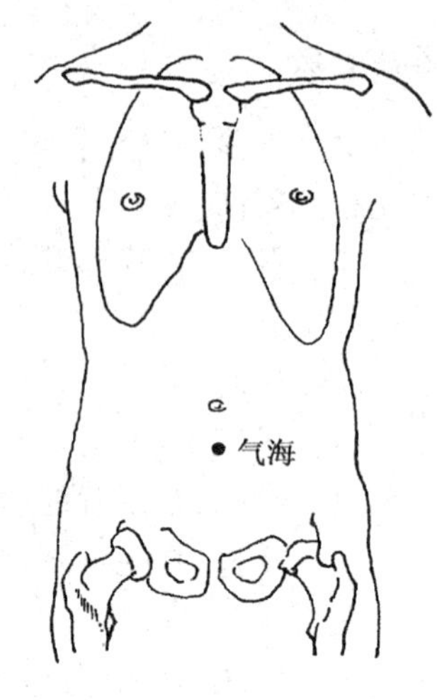

图 2-8-6

四、对症治疗

对于胃脘部疼痛，可以用热毛巾或热水袋外敷，缓解疼痛。也可用手摩腹，注意力量要轻，只作用在腹部皮肤，也能起到止痛的效果，如果用力过大，反而更不舒服。

五、注意事项

(1)治疗时，应对针刺工具、皮肤进行严格消毒。

(2)避免抓挠，如局部有感染，应运用抗生素抗感染。

(3)可予艾条温和灸足三里，增强疗效。

(4)注意清淡饮食调养，少食辛辣、肥腻、生冷等损伤脾胃的食物；饮食定时、定量。

六、病例

陈某，女，56岁。患者胃脘部不适3年，偶有疼痛，外院胃镜检查诊断为慢性胃炎。曾间断服用中西药治疗，病情时好时坏，近日加重。症见神疲，四肢乏力、不温，胃脘部疼痛不适间作，遇寒冷或饥饿时疼痛加剧，喜温暖，纳差，嗳气。舌淡胖边有齿痕，苔白，脉弦细。诊断为慢性胃炎，证型为脾胃虚寒。取脾俞、胃俞、足三里、关元、气海、中脘梅花针中度叩

刺，使皮肤潮红，并用艾条温和灸足三里。每日1次，5次为1疗程。3疗程后，病情痊愈。半年后未复发。

第九节　胃　下　垂

由于腹腔内脂肪薄弱，腹壁肌肉松弛，导致胃低于正常位置，称为胃下垂。胃下垂属胃无力症，多见于消耗性疾病患者及无力型体质者，直接影响消化功能。临床表现为上腹胀满、食欲不振、胃痛、消瘦、乏力、嗳气、恶心、呕吐、肠鸣、胃下坠感，或伴有便秘、腹泻、气短、眩晕、心悸、失眠、多梦等。一般分为脾脏虚损、中气下陷及脾胃不和两型。

一、脾脏虚损、中气下陷

（一）症状

面色萎黄，形体消瘦，神疲乏力，少气懒言，食欲不振，脘腹胀满不适，食后加重，平卧减轻，常伴有嗳气或泛吐痰涎，大便稀薄，舌淡，苔薄白，脉虚弱。

（二）治法

(1)选穴　脾俞、胃俞、中脘、关元、气海、足三里、百会。

(2)定位　脾俞：在背部，当第十一胸椎棘突下，旁开1.5寸。见图2-3-7。

胃俞：在背部，当第十二胸椎棘突下，旁开1.5寸。见图2-8-1。

中脘：在上腹部，前正中线上，当脐中上4寸。见图2-7-4。

关元：在下腹部，前正中线上，当脐下3寸。见图2-8-5。

气海：在下腹部，前正中线上，当脐下1.5寸。见图2-8-6。

足三里：在小腿前外侧，当犊鼻下3寸，距胫骨前缘一横指（中指）。见图2-1-12。

百会：在头部，当前发际正中直上5寸，或两耳尖连线的中点处。见图2-6-1。

(3)操作方法　常规消毒后，梅花针中度叩刺，使皮肤潮红。每日1次，5次为1疗程。

二、脾胃不和

(一)症状

胃脘胀闷不适,食入难以消化,嗳气,甚者恶心呕吐,大便时干时稀,舌淡红,苔白或厚,脉缓。

(二)治法

(1)选穴　胃俞、脾俞、中脘、公孙、内关、太冲。

(2)定位　胃俞:见前。

脾俞:见前。

中脘:见前。

公孙:在足内侧缘,当第一跖骨基底部前下方。见图 2-9-1。

内关:在前臂掌侧,当曲泽与大陵的连线上,腕横纹上 2 寸,掌长肌肌腱与桡侧腕屈肌肌腱之间。见图 2-7-1。

太冲:在足背侧,当第一跖骨间隙的后方凹陷处。见图 2-5-2。

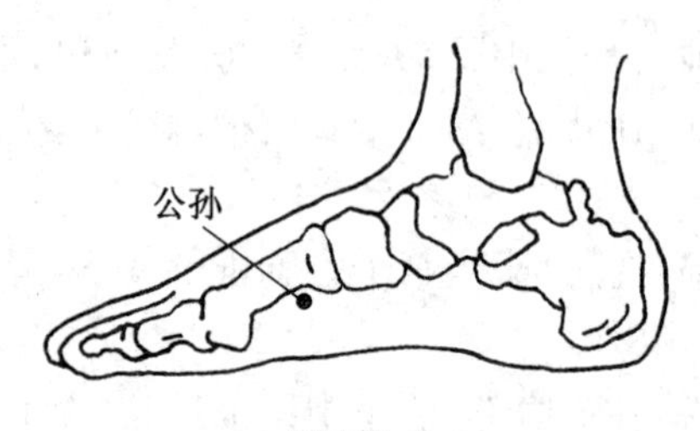

图 2-9-1

(3)操作方法　常规消毒后,梅花针中度叩刺,使皮肤潮红。每日 1 次,5 次为 1 疗程。

三、注意事项

(1)治疗时,应对针刺工具、皮肤进行严格消毒。

(2)避免抓挠,如局部有感染,应运用抗生素抗感染。

(3)本病疗程较长,需要患者锻炼身体,增强体质。

(4)为增加疗效,可予艾灸百会、关元、气海、中脘、足三里等穴。

四、病例

李某,女,58岁。腹胀、腹痛反复发作2年,外院钡餐X线检查诊断为胃下垂,经多方医治无明显疗效而来就诊。症见:精神疲乏,形体消瘦,面色少华,食欲不振,偶有腹胀、腹痛,食后加重,常有嗳气,大便不调,舌淡,苔薄白,脉弱。诊断为胃下垂,证型为脾脏虚损,中气下陷。取脾俞、胃俞、中脘、关元、气海、足三里、百会梅花针中度叩刺,使皮肤潮红。梅花针叩刺后予艾条温和灸中脘、百会,每日1次,5次为1疗程。治疗4疗程后,患者腹胀、腹痛未再发作,后嘱患者在家自行艾灸中脘、关元、百会、足三里。随访半年未复发。

第十节　泄　泻

泄泻是以排便次数增多,粪便稀薄,甚至泻出如水样的大便为主,多由脾胃运化功能失职,湿邪内盛所致。临床表现以腹痛、肠鸣、大便次数增多(一日数次或十多次),粪便稀薄如水为主要症状。根据发作时特点及伴随症状的不同一般分为寒湿泄泻、湿热泄泻、食滞肠胃3型。

一、寒湿泄泻

(一)症状

泻下清稀,甚至如水样,伴有腹痛肠鸣,脘闷食少,或兼有恶寒发热,鼻塞头痛,肢体酸痛,舌淡红,苔薄白,脉浮。

(二)治法

(1)选穴　大肠俞、中脘、天枢、气海、关元、脾俞。

(2)定位　大肠俞:在腰部,当第四腰椎棘突下,旁开1.5寸。见图2-10-1。

中脘:在上腹部,前正中线上,当脐中上4寸。见图2-7-4。

天枢:在腹中部,脐中旁开2寸。见图2-8-3。

气海:在下腹部,前正中线上,当脐下1.5寸。见图2-8-6。

关元:在下腹部,前正中线上,当脐下 3 寸。见图 2-8-5。

脾俞:在背部,当第十一胸椎棘突下,旁开 1.5 寸。见图 2-3-7。

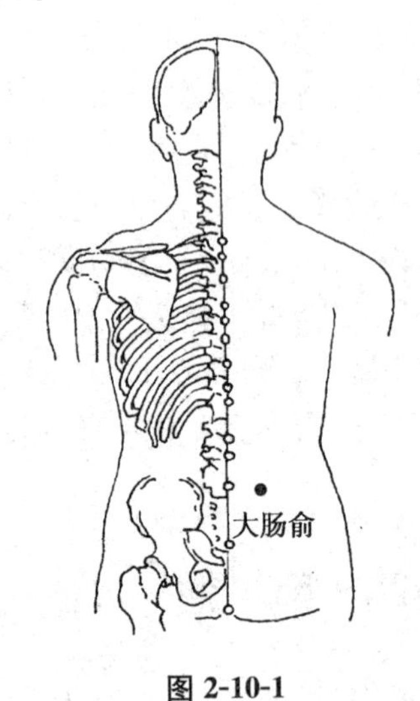

图 2-10-1

(3)操作方法　常规消毒后,梅花针中度叩刺,使皮肤潮红。每日 1 次,5 次为 1 疗程。

二、湿热泄泻

(一)症状

腹痛即泻,泻下急迫,势如水注,或泻后不爽,粪色黄褐而臭,伴有烦热口渴,小便短赤,肛门灼热,舌红,苔黄腻,脉滑数或濡数。

(二)治法

(1)选穴　大肠俞、天枢、足三里、上巨虚、三阴交、阴陵泉。

(2)定位　大肠俞:见前。

天枢:见前。

足三里:在小腿前外侧,当犊鼻下 3 寸,距胫骨前缘一横指(中指)。见图 2-1-12。

上巨虚:在小腿前外侧,当犊鼻下 6 寸,距胫骨前缘一横指

（中指）。见图 2-10-2。

三阴交：在小腿内侧，当足内踝尖上 3 寸，胫骨内侧缘后方。见图 2-10-3。

阴陵泉：在小腿内侧，当胫骨内侧髁后下方凹陷处。见图 2-1-11。

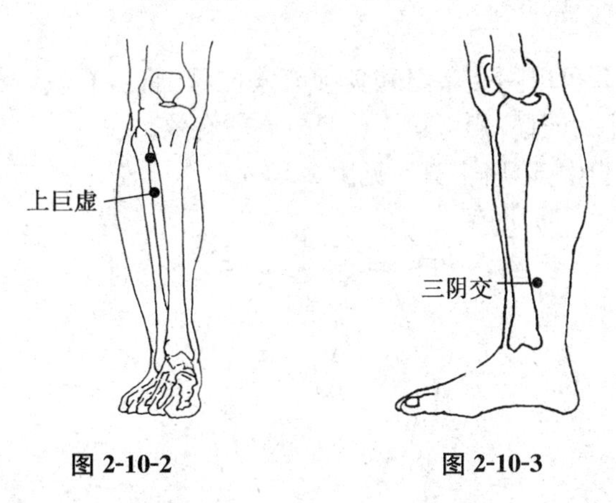

图 2-10-2　　　图 2-10-3

(3)操作方法　常规消毒后，梅花针中度叩刺，使皮肤潮红。每日 1 次，5 次为 1 疗程。

三、食滞肠胃

(一)症状

腹痛肠鸣，泻后疼痛减轻，泻下粪便臭如败卵，夹有不消化食物，伴有脘腹不适，嗳气，不思饮食，舌红，苔白或黄厚腻，脉滑或数。

(二)治法

(1)选穴　脾俞、大肠俞、足三里、中脘、天枢、梁门、公孙。

(2)定位　脾俞：在背部，当第十一胸椎棘突下，旁开 1.5 寸。见图 2-3-7。

大肠俞：见前。

足三里：见前。

中脘：见前。

天枢：见前。

梁门：在腹中部，脐中旁开 2 寸，上 4 寸。见图 2-8-4。

公孙：在足内侧缘，当第一跖骨基底部前下方。见图 2-9-1。

(3)操作方法　常规消毒后，梅花针中度叩刺，使皮肤潮红。每日 1 次，5 次为 1 疗程。

四、对症治疗

对于泄泻，可以用艾条温和灸神阙穴（当肚脐），有较好的止泻效果。而且不论是什么证型，皆可运用。简单方便有效。

神阙：在腹中部，脐中央。见图 2-10-4。

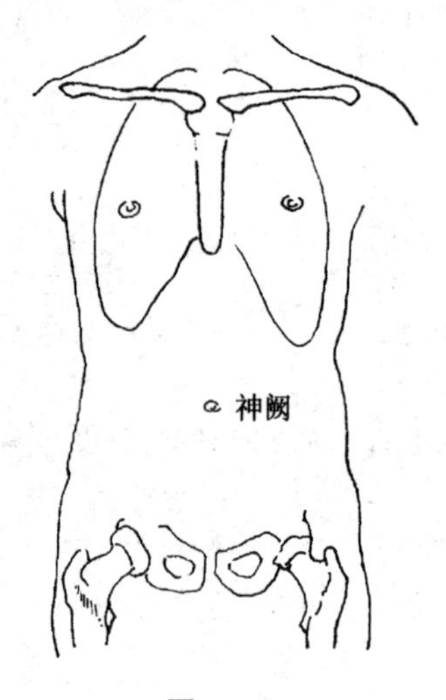

图 2-10-4

五、注意事项

(1)治疗时，应对针刺工具、皮肤进行严格消毒。

(2)避免抓挠，如局部有感染，应运用抗生素抗感染。

(3)注意清淡饮食，忌食生冷、辛辣、油腻之品。

六、病例

刘某，男，16 岁。1 天前因饮食不洁出现腹痛、腹泻，一共泻下五六次，大便黄褐色、臭秽，肛门灼热感，舌红苔黄腻，脉滑数。诊断为泄泻，证型为湿热泄泻。取大肠俞、天枢、足三里、上巨虚、三阴交、阴陵泉梅花针中度叩刺，使皮肤潮红。并在神阙穴温和灸，当日即止泻，共治疗 3 次痊愈。

第十一节　呕　　吐

呕吐是指胃失和降，气逆于上，胃内容物经食管、口腔吐出的一种病证。有物有声为呕，有物无声为吐，无物有声为干呕，但呕与吐常同时发生，很难截然分开，故并称为呕吐。根据病因及发作时特点的不同可分为饮食停滞和肝气犯胃两型。

一、饮食停滞

（一）症状

呕吐酸腐，脘腹胀满，嗳气厌食，得食则呕吐愈甚，吐后反舒服，伴有大便气味臭秽，舌淡红，苔厚腻，脉滑实。

（二）治法

（1）选穴　脾俞、大肠俞、足三里、内关、公孙、天枢、中脘。

（2）定位　脾俞：在背部，当第十一胸椎棘突下，旁开1.5寸。见图2-3-7。

大肠俞：在腰部，当第四腰椎棘突下，旁开1.5寸。见图2-10-1。

足三里：在小腿前外侧，当犊鼻下3寸，距胫骨前缘一横指（中指）。见图2-1-12。

内关：在前臂掌侧，当曲泽与大陵的连线上，腕横纹上2寸，掌长肌肌腱与桡侧腕屈肌肌腱之间。见图2-7-1。

公孙：在足内侧缘，当第一跖骨基底部前下方。见图2-9-1。

天枢：在腹中部，脐中旁开2寸。见图2-8-3。

中脘：在上腹部，前正中线上，当脐中上4寸。见图2-7-4。

（3）操作方法　常规消毒后，梅花针中度叩刺，使皮肤潮红。每日1次，中病即止。

二、肝气犯胃

(一)症状

呕吐吞酸,嗳气频繁发作,胸胁胀满,烦闷不舒,每因情志不遂加重,舌边红,苔薄腻,脉弦。

(二)治法

1. 方法一

(1)选穴　中脘、足三里、太冲、合谷、胃俞、三阴交。

(2)定位　中脘:见前。

足三里:见前。

太冲:在足背侧,当第一跖骨间隙的后方凹陷处。见图 2-5-2。

合谷:第一、第二掌骨间,第二掌骨桡侧中点。见图 2-1-9。

胃俞:在背部,当第十二胸椎棘突下,旁开 1.5 寸处。见图 2-8-1。

三阴交:在小腿内侧,当足内踝尖上 3 寸,胫骨内侧缘后方。见图 2-10-3。

(3)操作方法　常规消毒后,梅花针中度叩刺,使皮肤潮红。每日 1 次,中病即止。

2. 方法二

(1)选穴　中脘、内关、行间、太冲、太溪、公孙。

(2)定位　中脘:见前。

内关:见前。

行间:在足背部,第一、第二趾间赤白肉际处。见图 2-6-4。

太冲:见前。

太溪:在足跟部,内踝尖与跟腱之间凹陷中。见图 2-2-5。

公孙:见前。

(3)操作方法　常规消毒后,梅花针中度叩刺,使皮肤潮红。每日 1 次,中病即止。

三、注意事项

(1)治疗时，应对针刺工具、皮肤进行严格消毒。

(2)避免抓挠，如局部有感染，应运用抗生素抗感染。

(3)对于呕吐较严重的患者，需要静脉补充水、电解质及能量。

(4)注意清淡饮食，忌食生冷、辛辣、油腻之品。

四、病例

崔某，男，6岁。患者一天前受凉后出现恶心、呕吐，不欲饮食，呕吐五六次，为酸腐胃内容物，脘腹胀满，嗳气连连，舌淡红，苔白腻，脉弦。诊断为呕吐，证型为饮食停滞。取脾俞、大肠俞、足三里、内关、公孙、天枢、中脘梅花针中度叩刺，使皮肤潮红。治疗1次后即未再呕吐。

第十二节　腹　痛

腹痛是指以胃以下、耻骨毛际以上的部位发生疼痛为主要表现的一种病证。腹痛虽是一种症状，但发作时与多种脏腑的疾病有关，如肝、胆、脾、胃、大小肠、子宫等。虽然腹痛的病因很多，但最常见的为外感风寒，邪入腹中；或暴饮暴食，脾胃运化无权；或过食生冷，进食不洁；或脾胃阳气虚弱，气血产生不足，经脉脏腑失其温养。根据病因及发作时特点，我们一般分为湿热壅滞、虚寒腹痛及肝气郁滞3型。

一、湿热壅滞

(一)症状

腹部胀痛，拒按，大便秘结，或泄后不爽，伴有胸闷不舒，烦渴引饮，身热自汗，小便短赤，舌红，苔黄燥或黄腻，脉滑数。

(二)治法

(1)选穴　曲泽、委中、足三里、合谷、天枢、上巨虚、关元。

(2)定位　曲泽：在肘横纹中，当肱二头肌肌腱的尺侧缘。见图2-12-1。

委中：在腘横纹中点，当股二头肌肌腱与半腱肌肌腱的中间。见图 2-12-2。

足三里:在小腿前外侧,当犊鼻下 3 寸,距胫骨前缘一横指(中指)。见图 2-1-12。

合谷:第一、第二掌骨间,第二掌骨桡侧中点。见图 2-1-9。

天枢:在腹中部,脐中旁开 2 寸。见图 2-8-3。

上巨虚:在小腿前外侧,当犊鼻下 6 寸,距胫骨前缘一横指(中指)。见图 2-10-2。

关元:在下腹部,前正中线上,当脐下 3 寸。见图 2-8-5。

(3)操作方法　常规消毒后,梅花针中度叩刺,使皮肤潮红。每日 1 次,中病即止。

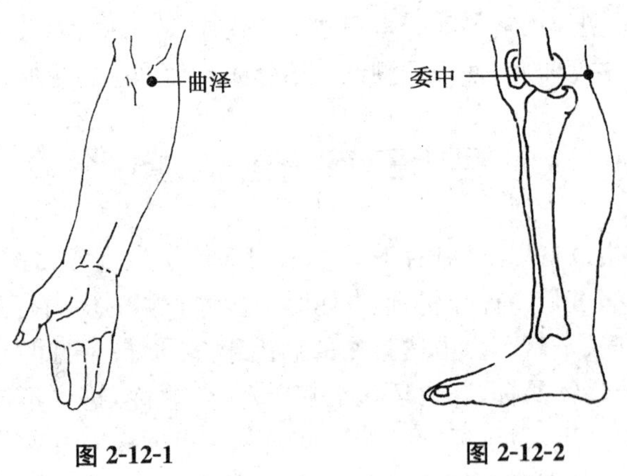

图 2-12-1　　图 2-12-2

二、虚寒腹痛

(一)症状

腹痛绵绵,时作时止,喜热恶冷,痛时喜按,饥饿时及劳累后加重,得食休息后减轻,精神疲倦,四肢乏力、发冷,气短,不想说话,怕冷,食欲差,面色无华,大便质稀薄,舌淡,苔薄白,脉沉细。

(二)治法

1. 方法一

(1)选穴　关元、中脘、足三里、天枢、气海、脾俞、命门。

(2)定位　关元:见前。

中脘:在上腹部,前正中线上,当脐中上 4 寸。见图 2-7-4。

足三里:见前。

天枢:见前。

气海:在下腹部,前正中线上,当脐下 1.5 寸。见图 2-8-6。

脾俞:在背部,当第十一胸椎棘突下,旁开 1.5 寸。见图 2-3-7。

命门:在后正中线上,第二腰椎棘突下凹陷中。见图 2-3-3。

(3)操作方法　常规消毒后,梅花针中度叩刺,使皮肤潮红。每日 1 次,中病即止。

2. 方法二

(1)选穴　神阙。

(2)定位　神阙:在腹中部,脐中央。见图 2-10-4。

(3)操作方法　于神阙穴上用艾条温和灸 10 分钟。每日 1 次,中病即止。

三、肝气郁滞

(一)症状

脘腹疼痛,胀满不舒,两胁下胀痛,常痛引腹部两侧,时好时差,嗳气或矢气后则自觉舒服,遇忧思恼怒则疼痛加剧,舌边红,苔薄白或微黄,脉弦。

(二)治法

(1)选穴　行间、太冲、合谷、膻中、天枢、中脘、足三里。

(2)定位　行间:在足背部,第一、第二趾间赤白肉际处。见图 2-6-4。

太冲:在足背侧,当第一跖骨间隙的后方凹陷处。见图 2-5-2。

合谷:见前。

膻中:前正中线上,两乳头连线中点,平第四肋间。见图 2-3-4。

天枢:见前。

中脘:见前。

足三里：见前。

(3)操作方法　常规消毒后，梅花针中度叩刺，使皮肤潮红。每日1次，中病即止。

四、注意事项

(1)治疗时，应对针刺工具、皮肤进行严格消毒。

(2)避免抓挠，如局部有感染，应运用抗生素抗感染。

(3)可用暖水袋热敷腹部止痛。

(4)可以按顺时针方向摩腹，以腹部微微发热为度，也能止痛。注意力量要轻柔，只需要作用于皮肤即可。

(5)对于有压痛、反跳痛、腹肌紧张等急腹症表现时，应请外科医生会诊，以免延误病情。

五、病例

田某，男，24岁。腹痛、腹泻半天，泻下3次黄褐色稀烂便，自服黄连素后未再腹泻，但仍觉腹部疼痛，以脐周明显。小便短赤，口渴，舌红苔微黄腻，脉弦滑。诊断为腹痛，证型为湿热壅滞。取曲泽、委中、足三里、合谷、天枢、上巨虚、关元、三阴交梅花针中度叩刺，使皮肤潮红。并予热水袋外敷腹部，疼痛渐止。再治疗1次病愈。

第十三节　便　　秘

便秘是指大便次数减少，排便间隔时间过长，粪质干结，排便艰难；或粪质不硬，虽有便意，但便出不畅，多伴有腹部不适的病证。引起病变的原因有久坐少动、食物过于精细、缺少纤维素等，使大肠运动缓慢，水分被吸收过多，粪便干结坚硬，滞留肠腔，排除困难。还有因年老体弱，津液不足；或贪食辛辣厚味，胃肠积热；或水分缺乏；或多次妊娠，过度肥胖等，皆可导致便秘。根据病因及发作时特点的不同，一般分为实证便秘和虚证便秘。

一、实证便秘

（一）症状

大便干结，腹中胀满，伴有口干口臭，小便短赤；或伴有胸胁满闷，嗳气呃逆等，舌红，苔黄燥，脉滑数。

（二）治法

（1）选穴　支沟、足三里、大肠俞、上巨虚、照海、天枢、公孙。

（2）定位　支沟：手背腕横纹上3寸，尺骨与桡骨之间。见图2-13-1。

足三里：在小腿前外侧，当犊鼻下3寸，距胫骨前缘一横指（中指）。见图2-1-12。

大肠俞：在腰部，当第四腰椎棘突下，旁开1.5寸。见图2-10-1。

上巨虚：在小腿前外侧，当犊鼻下6寸，距胫骨前缘一横指（中指）。见图2-10-2。

照海：足踝部，内踝尖下方凹陷中。图2-2-4。

天枢：在腹中部，脐中旁开2寸。见图2-8-3。

公孙：在足内侧缘，当第一跖骨基底部前下方。见图2-9-1。

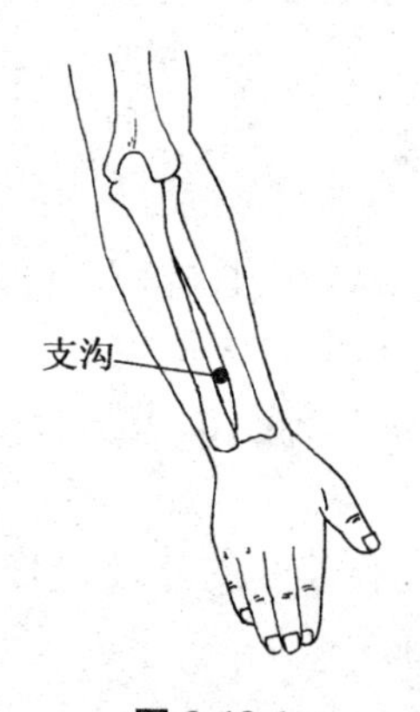

图2-13-1

（3）操作方法　常规消毒后，梅花针中度叩刺，使皮肤潮红。每日1次，5次为1疗程。

二、虚证便秘

(一)症状

大便干结,欲便不出,腹中胀满,伴有便后乏力,汗出气短;或伴有心悸气短,失眠健忘;或伴有面色苍白,四肢不温,喜热怕冷,小便清长,或腹中冷痛,拘急,怕按揉,或腰膝酸冷,舌淡,苔白,脉细。

(二)治法

(1)选穴　支沟、肾俞、关元、脾俞、足三里、气海、照海。

(2)定位　支沟:见前。

肾俞:在腰部,当第二腰椎棘突下,旁开1.5寸。见图2-3-8。

关元:在下腹部,前正中线上,当脐下3寸。见图2-8-5。

脾俞:在背部,当第十一胸椎棘突下,旁开1.5寸。见图2-3-7。

足三里:见前。

气海:在下腹部,前正中线上,当脐下1.5寸。见图2-8-6。

照海:见前。

(3)操作方法　常规消毒后,梅花针中度叩刺,使皮肤潮红。每日1次,5次为1疗程。

三、注意事项

(1)治疗时,应对针刺工具、皮肤进行严格消毒。

(2)避免抓挠,如局部有感染,应运用抗生素抗感染。

(3)嘱患者按顺时针方向摩腹,以腹部微微发热为度,有良好的辅助治疗作用。

(4)梅花针疗法对本病有较好的疗效,起效后为巩固疗效,可以再治疗一两个疗程。

四、病例

刘某,女,34岁。患习惯性便秘2年余,平素需用开塞露通便,大便干结,腹中胀满,口干口臭,小便短赤,舌红,苔黄燥,脉滑。诊断为便秘,

证型为实证便秘。取支沟、足三里、大肠俞、上巨虚、照海、天枢梅花针中度叩刺，使皮肤潮红。并嘱患者睡前顺时针方向摩腹至微发热。治疗3次后，患者即可不用开塞露而排便。为巩固疗效，继续治疗，后因患者出差而停止治疗，共治疗8次。随访1年未复发。

第十四节　面　痛

面痛主要是指三叉神经分支范围内反复出现阵发性、短暂、闪电样、刀割样、火灼样疼痛，无感觉缺失等神经功能障碍，检查无异常的一种病证。一般分为风寒阻络、风热阻络和气虚血瘀3型。

一、风寒阻络

（一）症状

疼痛呈阵发性抽动样痛，痛势剧烈，遇冷加重，得热则舒，舌淡红，苔薄白，脉浮紧。

（二）治法

（1）选穴　肺俞、风门、太阳、翳风、合谷、下关。

（2）定位　肺俞：在背部，当第三胸椎棘突下，旁开1.5寸。见图2-1-4。

风门：在背部，当第二胸椎棘突下，旁开1.5寸。见图2-1-3。

太阳：在颞部，当眉梢与目外眦之间，向后约一横指的凹陷处。见图2-6-2。

翳风：在耳垂后方，乳突与下颌角之间凹陷处。见图2-14-1。

合谷：第一、第二掌骨间，第二掌骨桡侧中点。见图2-1-9。

下关：在面部，耳前，颧弓下凹陷中。见图2-14-2。

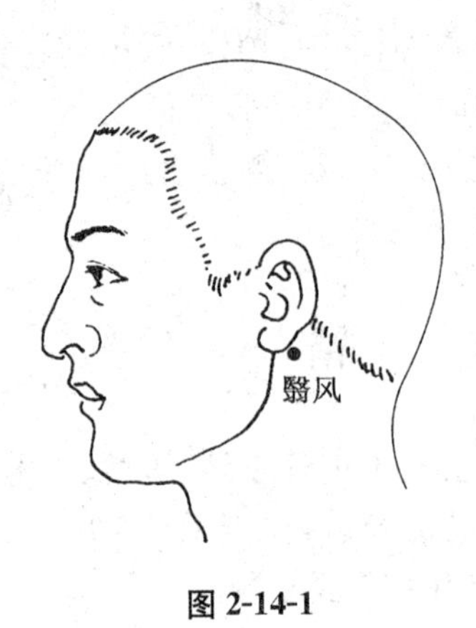

图 2-14-1

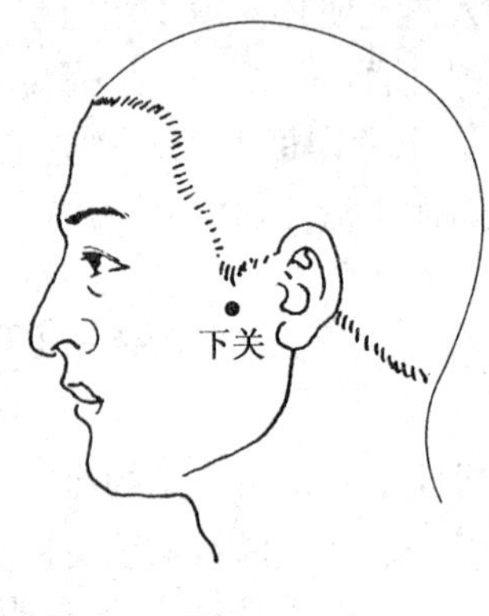

图 2-14-2

(3)操作方法　常规消毒后,梅花针中度叩刺,使皮肤潮红。每日1次,5次为1疗程。

二、风热阻络

(一)症状

疼痛阵作,为烧灼样或刀割样剧痛,痛时面色潮红、目赤、出汗,遇热疼痛更加剧烈,得寒则舒服,舌红,苔薄黄,脉弦数。

(二)治法

(1)选穴　曲池、大椎、合谷、行间、太阳、风池、下关。

(2)定位　曲池:在肘部,屈肘,肘横纹桡侧端凹陷中。见图 2-1-6。

大椎:背部后正中线上,第七颈椎棘突下凹陷中。见图 2-1-1。

合谷:见前。

行间:在足背部,第一、第二趾间赤白肉际处。见图 2-6-4。

太阳:见前。

风池:在项部,当枕骨之下,与风府相平,胸锁乳突肌与斜方肌上端之间的凹陷处。见图 2-1-2。

下关:见前。

(3)操作方法　常规消毒后,梅花针中度叩刺,使皮肤潮红。每日1次,5次为1疗程。

三、气虚血瘀

(一)症状

疼痛反复发作,多年不愈,发作时抽动样作痛,面色晦滞,甚则毛发脱落,畏风自汗出,自觉呼气不够,不想说话,舌淡苔白,或有瘀点,脉细弦。

(二)治法

(1)选穴　面部压痛点、足三里、脾俞、肝俞、膈俞、气海、血海、下关。

(2)定位　足三里:在小腿前外侧,当犊鼻下 3 寸,距胫骨前缘一横指(中指)。见图 2-1-12。

脾俞:在背部,当第十一胸椎棘突下,旁开 1.5 寸。见图 2-3-7。

肝俞:在背部,当第九胸椎棘突下,旁开 1.5 寸。见图 2-5-3。

膈俞:在背部,当第七胸椎棘突下,旁开 1.5 寸。见图 2-3-5。

气海:在下腹部,前正中线上,当脐下 1.5 寸。见图 2-8-6。

血海:在大腿内侧,髌底内侧端上 2 寸。见图 2-14-3。

下关:见前。

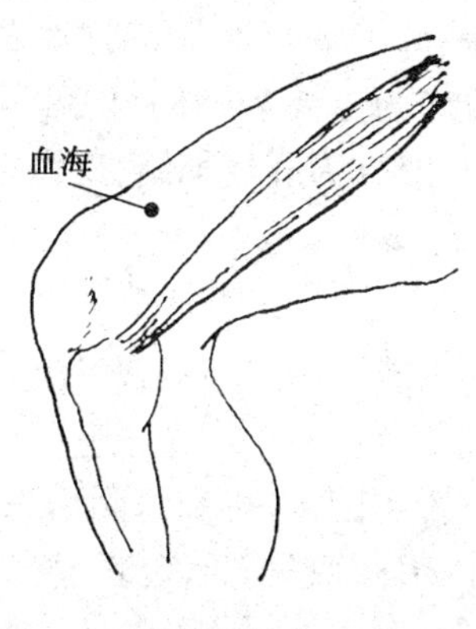

图 2-14-3

(3)操作方法　常规消毒后,梅花针中度叩刺,使皮肤潮红。每日 1 次,5 次为 1 疗程。

四、注意事项

(1)治疗时,应对针刺工具、皮肤进行严格消毒。

(2)避免抓挠,如局部有感染,应运用抗生素抗感染。

(3)本病具有发作性,特别是对于病程较长的患者,症状减轻后应再坚持治疗 2 疗程。

(4)忌食辛辣、虾蟹、牛羊肉、浓茶、咖啡等燥热发物。

五、病例

王某,女,55 岁。右侧面颊部疼痛反复发作 3 年余,呈阵发性,发作时呈放射性针刺样疼痛,牵涉及右侧颞头部、耳后、牙齿。曾间断医治,无明显好转。本次面痛加重 2 天来诊。症见:表情痛苦,面色萎黄,右侧面部因长期外敷药物颜色晦暗,太阳穴附近压痛,舌质暗红,苔薄白,脉沉弦。取太阳穴及周围面部疼痛点、脾俞、肝俞、膈俞、血海、颊车、翳风梅花针中度叩刺,使皮肤潮红。每日 1 次,5 次为 1 疗程。2 疗程后,疼痛明显好转,共治疗 6 疗程痊愈。

第十五节　胁　肋　痛

胁肋痛是指以一侧或两侧胁肋部疼痛为主要表现的病证。胁,指胁肋部,位于胸壁两侧,由腋部以下至第十二肋骨之间。急慢性肝炎、胆囊炎、肋间神经痛等凡以胁痛为主要表现的,均可以参考本病证辨证论治。根据病因及发作时特点一般分为肝气郁结、瘀血阻络 2 型。

一、肝气郁结

(一)症状

胁肋部胀痛,疼痛位置不固定,疼痛每因情志喜怒而增减,伴有胸闷,饮食减少,嗳气频繁发作,喜欢叹气,舌淡红,苔薄白,脉弦。

(二)治法

1. 方法一

(1)选穴　内关、肝俞、膻中、期门、支沟、三阴交、压痛点。

(2)定位　内关:在前臂掌侧,当曲泽与大陵的连线上,腕横纹上2寸,掌长肌肌腱与桡侧腕屈肌肌腱之间。见图2-7-1。

肝俞:在背部,当第九胸椎棘突下,旁开1.5寸。见图2-5-3。

膻中:前正中线上,两乳头连线中点,平第四肋间。见图2-3-4。

期门:在胸部,当乳头直下,第六肋间隙,前正中线旁开4寸。见图2-15-1。

支沟:手背腕横纹上3寸,尺骨与桡骨之间,阳池与肘尖的连线上。见图2-13-1。

三阴交:在小腿内侧,当足内踝尖上3寸,胫骨内侧缘后方。见图2-10-3。

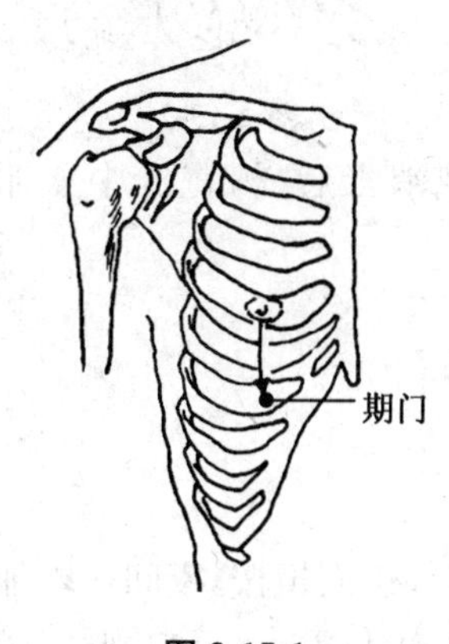

图 2-15-1

(3)操作方法　常规消毒后,梅花针中度叩刺,使皮肤潮红。每日1次,5次为1疗程。

2. 方法二

(1)选穴　太冲、合谷、阳陵泉、足临泣、肝俞、膈俞。

(2)定位　太冲:在足背侧,当第一跖骨间隙的后方凹陷处。见图2-5-2。

合谷:第一、第二掌骨间,第二掌骨桡侧中点。见图2-1-9。

阳陵泉:在小腿外侧,当腓骨头前下方凹陷处。见图2-6-5。

足临泣：在足背外侧，当足4趾本节（第4跖趾结节）的后方，小趾伸肌肌腱的外侧凹陷处。见图2-15-2。

肝俞：见前。

膈俞：在背部，当第七胸椎棘突下，旁开1.5寸。见图2-3-5。

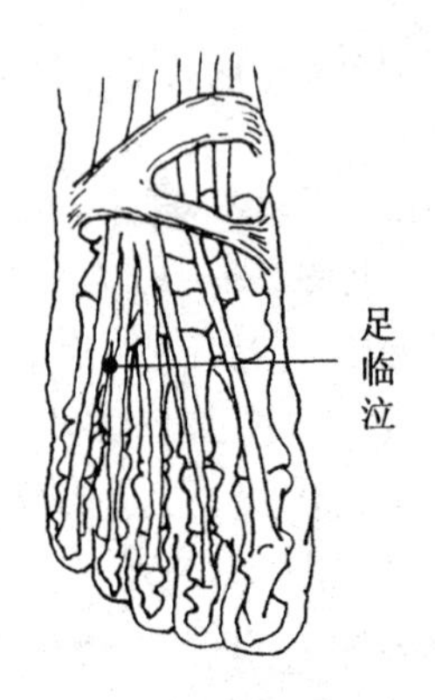

图2-15-2

(3)操作方法　常规消毒后，梅花针中度叩刺，使皮肤潮红。每日1次，5次为1疗程。

二、瘀血阻络

(一)症状

胁肋刺痛，痛有固定部位而拒按，夜间疼痛加重，伴面色晦暗，或胁肋下可触摸到结块，舌紫暗，可见瘀点，苔白，脉沉弦。

(二)治法

(1)选穴　压痛点、血海、内关、膈俞、膻中、大椎、三阴交。

(2)定位　血海：在大腿内侧，髌底内侧端上2寸。见图2-14-3。

内关：见前。

膈俞：见前。

膻中：见前。

大椎：在背部后正中线上，第七颈椎棘突下凹陷中。见图2-1-1。

三阴交：见前。

(3)操作方法　常规消毒后，梅花针中度叩刺，使皮肤潮红。每日1次，5次为1疗程。

三、注意事项

(1)治疗时，应对针刺工具、皮肤进行严格消毒。

(2)避免抓挠，如局部有感染，应运用抗生素抗感染。

(3)本病患者中的一部分能在背部第三到第十胸椎脊柱两旁触诊到条索状、结节状阳性反应物或压痛点，予梅花针重度叩刺阳性反应物或压痛点，使其少量渗血。再加拔火罐5分钟。然后予75%乙醇擦拭，使瘀血畅通流出，再用消毒棉球按压止血。

四、病例

李某，女性，42岁。患者半年前因不慎跌倒，致右侧胸胁部瘀肿疼痛。当时自予跌打膏药外敷，肿痛有所好转，但仍有疼痛，遂来就诊。见面色晦暗，右胁肋部第五、第六肋骨水平针刺样疼痛，痛处固定不移，轻压痛，舌紫暗，苔白，脉沉涩。取内关、肝俞、膻中、期门、大椎、三阴交、压痛点梅花针中度叩刺，使皮肤潮红。每日1次，5次为1疗程。2疗程后症状完全消失。

第十六节　坐骨神经痛

坐骨神经痛是以疼痛放射至一侧或双侧臀部、大腿后侧为特征，是由于坐骨神经根受压所致。疼痛可以是锐痛，也可以是钝痛，有刺痛，也有灼痛，可以是间断的，也可以是持续的。通常只发生在身体一侧，可因咳嗽、喷嚏、弯腰、举重物而加重。根据是否由脊椎病变引起或坐骨神经本身病变引起疼痛，一般分为根性疼痛(继发性)和干性疼痛(原发性)。

一、根性疼痛

(一)症状

一侧或双侧臀部、大腿后侧疼痛，多伴有腰椎叩击痛，疼痛可因咳嗽、喷嚏、弯腰等而加重，或伴有小腿外侧、足背皮肤感觉明显减弱。多有腰椎间盘突出症等病史。

（二）治法

（1）选穴　肾俞、大肠俞、腰阳关、环跳、阳陵泉、委中、疼痛麻木处皮肤。

（2）定位　肾俞：在腰部，当第二腰椎棘突下，旁开 1.5 寸。见图 2-3-8。

大肠俞：在腰部，当第四腰椎棘突下，旁开 1.5 寸。见图 2-10-1。

腰阳关：在腰部，后正中线上，第四腰椎棘突下凹陷中。见图 2-16-1。

环跳：在股外侧部，侧卧屈股，当股骨大转子最凸点与骶骨裂孔的连线的外 1/3 与中 1/3 交点处。见图 2-16-2。

阳陵泉：在小腿外侧，当腓骨头前下方凹陷处。见图 2-6-5。

委中：在腘横纹中点，当股二头肌肌腱与半腱肌肌腱的中间。见图 2-12-2。

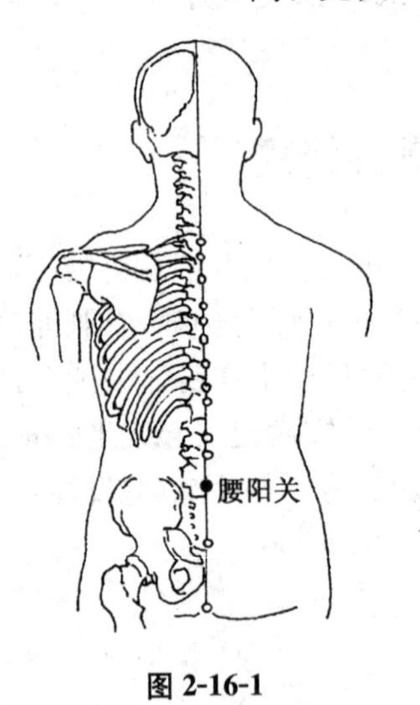

图 2-16-1

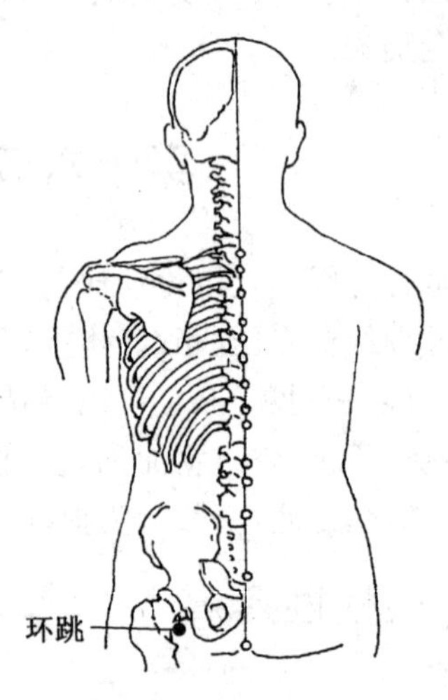

图 2-16-2

（3）操作方法　常规消毒后，梅花针中度叩刺，使皮肤潮红。每日 1 次，5 次为 1 疗程。委中予梅花针重度叩刺，使其少量渗血。再在委中

加拔火罐5分钟放血。然后以75％乙醇擦拭，以使瘀血畅通流出，再用消毒棉球按压止血。

二、干性疼痛

（一）症状

一侧或双侧臀部、大腿后侧疼痛，无腰椎叩击痛。单纯为坐骨神经发炎等引起。

（二）治法

（1）选穴　肾俞、委中、承山、昆仑、疼痛麻木处皮肤。

（2）定位　肾俞：见前。

委中：见前。

承山：在小腿后面正中，委中与昆仑之间，当伸直小腿或足跟上提时腓肠肌肌腹下出现尖角凹陷处。见图2-16-3。

昆仑：在足部外踝后方，当外踝尖与跟腱之间的凹陷处。见图2-16-4。

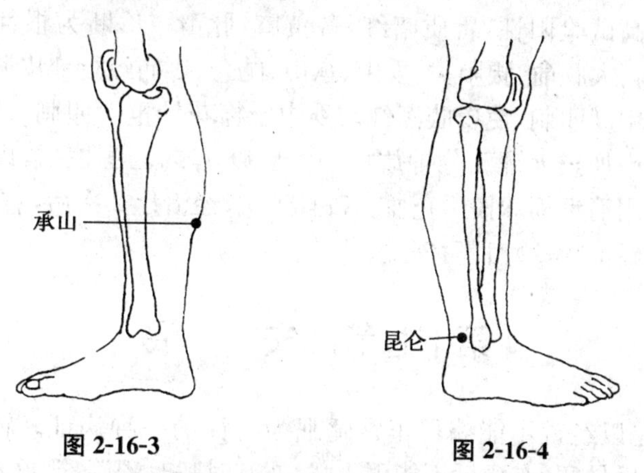

图2-16-3　　图2-16-4

（3）操作方法　常规消毒后，梅花针中度叩刺，使皮肤潮红。委中予梅花针重度叩刺，使其少量渗血。再在委中加拔火罐5分钟放血。然后以75％乙醇擦拭，以使瘀血畅通流出，再用消毒棉球按压止血。每日1次，5次为1疗程。

三、对症治疗

对于疼痛剧烈者，可以在委中刺络放血。先诊察腘窝部是否有明显的静脉曲张。如果有明显的静脉曲张，则常规消毒后，直接用三棱针或0.5mm规格的注射器针头点刺放血。如果未见明显的静脉曲张，则常规消毒后，用三棱针或0.5mm规格的注射器针头点刺委中穴，然后加拔火罐5分钟放血，并以75%乙醇擦拭，以使瘀血畅通流出，再用消毒棉球按压止血。

四、注意事项

(1)治疗时，应对针刺工具、皮肤进行严格消毒。

(2)避免抓挠，如局部有感染，应运用抗生素抗感染。

(3)本病治疗期间，病情易反复，有时病情好转后又会加重，应坚持治疗。

五、病例

梁某，男，38岁。突发腰部及左腿疼痛1天，不能走路弯腰，不能平卧，遂来就诊。查：腰部肌肉紧张，第四腰椎旁压痛，并沿大腿后侧向下放射，直腿抬高试验阳性，舌质暗红，苔黄腻，脉滑。诊断为根性坐骨神经痛。取肾俞、大肠俞、腰阳关、委中、承山、昆仑、疼痛经行处皮肤常规消毒后，梅花针中度叩刺，使皮肤潮红。委中予梅花针重度叩刺，使其少量渗血，再在委中加拔火罐5分钟放血。然后以75%乙醇擦拭，以使瘀血畅通流出，再用消毒棉球按压止血。每日1次，经治疗2次后，右臀、腿疼痛明显减轻，经治疗2疗程后痊愈。

第十七节　失　　眠

失眠是以经常不能获得正常睡眠为特征的一种病证。轻者入睡困难，有入睡后易醒，有醒后不能再入睡，亦有时睡时醒等，严重者则整夜不能入睡。一般分为心脾两虚、肝郁气滞、心肾不交3型。

一、心脾两虚

(一)症状

多梦易醒,心悸健忘,伴头晕目眩,肢倦神疲,饮食无味,面色少华,或脘闷纳呆,舌淡,苔薄白,脉细无力。

(二)治法

(1)选穴 神门、内关、心俞、脾俞、三阴交、足三里、印堂。

(2)定位 神门:在腕部,腕掌侧横纹尺侧端,尺侧腕屈肌肌腱的桡侧凹陷处。见图 2-17-1。

内关:在前臂掌侧,当曲泽与大陵的连线上,腕横纹上2寸,掌长肌肌腱与桡侧腕屈肌肌腱之间。见图 2-7-1。

心俞:在背部,当第五胸椎棘突下,旁开 1.5 寸。见图 2-17-2。

脾俞:在背部,当第十一胸椎棘突下,旁开 1.5 寸。见图 2-3-7。

三阴交:在小腿内侧,当足内踝尖上 3 寸,胫骨内侧缘后方。见图 2-10-3。

足三里:在小腿前外侧,当犊鼻下 3 寸,距胫骨前缘一横指(中指)。见图 2-1-12。

印堂:在前额部,当两眉头间连线与前正中线之交点处。见图 2-5-1。

(3)操作方法 常规消毒后,梅花针中度叩刺,使皮肤潮红。每日1次,5次为1疗程。

二、肝郁气滞

(一)症状

失眠伴急躁易怒,严重者彻夜不能入睡,伴有胸闷胁痛,不思饮食,口苦而干,舌红,苔白或黄,脉弦或数。

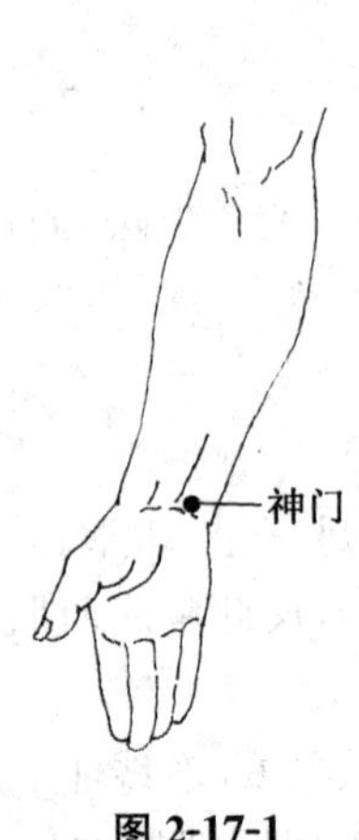

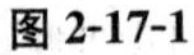
图 2-17-1

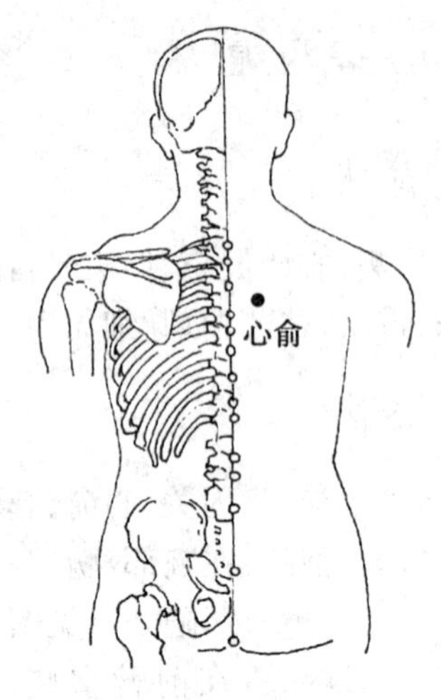

图 2-17-2

(二)治法

(1)选穴　安眠、肝俞、太冲、神门、百会、印堂、期门、膻中。

(2)定位　安眠:在项部,当翳风穴和风池穴连线的中点。见图 2-17-3。

肝俞:在背部,当第九胸椎棘突下,旁开 1.5 寸。见图 2-5-3。

太冲:在足背侧,当第一跖骨间隙的后方凹陷处。见图 2-5-2。

神门:见前。

百会:在头部,当前发际正中直上 5 寸,或两耳尖连线的中点处。见图 2-6-1。

印堂:见前。

期门:在胸部,当乳头直下,第六肋间隙,前正中线旁开 4 寸。见图 2-15-1。

膻中:前正中线上,两乳头连线中点,平第四肋间。见图 2-3-4。

(3)操作方法　常规消毒后,梅花针中度叩刺,使皮肤潮红。每日 1 次,5 次为 1 疗程。

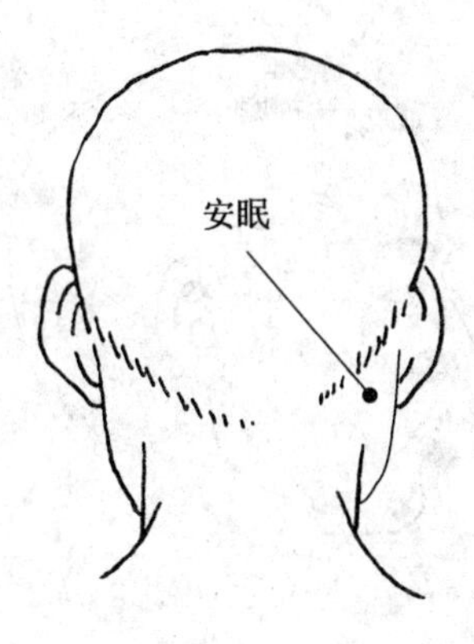

图 2-17-3

三、心肾不交

(一)症状

失眠伴心悸不安,多梦,头晕耳鸣,健忘,腰膝酸软,或伴潮热盗汗,五心烦热,或见遗精,口干咽燥,颧红面赤,舌红,苔少或无苔,脉细数。

(二)治法

(1)选穴　心俞、肝俞、肾俞、太冲、太溪、三阴交、印堂、百会、神庭。

(2)定位　心俞:见前。

肝俞:见前。

肾俞:在腰部,当第二腰椎棘突下,旁开 1.5 寸。见图 2-3-8。

太冲:在足背侧,当第一跖骨间隙的后方凹陷处。见图 2-5-2。

太溪:在足跟部,内踝尖与跟腱之间凹陷中。见图 2-2-5。

三阴交:见前。

印堂:见前。

百会:见前。

神庭:在头部,头正中线上,前发际直上 0.5 寸。见图 2-17-4。

(3)操作方法　常规消毒后,梅花针中度叩刺,使皮肤潮红。每日 1 次,5 次为 1 疗程。

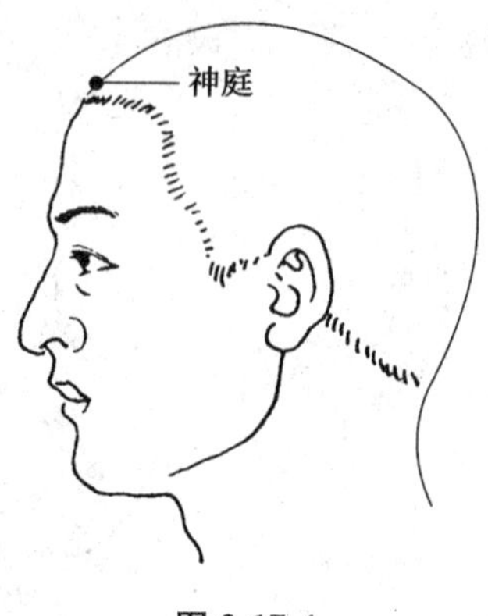

图 2-17-4

四、注意事项

(1)治疗时,应对针刺工具、皮肤进行严格消毒。
(2)避免抓挠,如局部有感染,应运用抗生素抗感染。

五、病例

李某,女,43岁。患者夜间难以入睡半年,一直未好转,故来就诊。症见:面色少华,精神疲乏,头晕目眩,耳鸣,健忘,腰膝酸软,口干咽燥,舌淡苔薄白,脉沉细。诊断为失眠,证属心肾不交。取神门、内关、三阴交、足三里、印堂、百会、肾俞、肝俞、太冲、太溪梅花针中度叩刺,使皮肤潮红。每日1次,5次为1疗程。经治疗2疗程后患者睡眠明显改善,精神好转。继续治疗2疗程,患者能较容易入睡,精神良好。

第十八节 肥 胖

肥胖是指人体脂肪沉积过多,超出标准体重的20%。人的身高和体重之间有一定的比例。正常成人身高与体重的关系为:体重(千克)=身高(厘米)-105(女性-100)。如果脂肪增多,体重增加,超过标准体重20%时,就被称为肥胖症。此病女性多见,年龄多在40～50岁。肥胖症分为轻度、中度、重度3种类型。轻度:一般无自觉症状,生活起居正常无碍;中度:常有心悸、腹胀、易疲劳、畏热多汗、呼吸短促,甚至下肢浮肿等症状;重度:可出现缺氧、二氧化碳潴留,导致胸闷、气促、嗜睡,严重者可出现心肺功能衰竭,诱发动脉硬化、冠心病、高血压、糖尿病、痛风、胆结

石、脂肪肝等。一般分为饮食不节、脾胃积热和脾胃虚弱、痰湿内阻2型。

一、饮食不节、脾胃积热

(一)症状

平素嗜食肥甘厚味,体形呈全身性肥胖,按之结实,食欲亢进,面色红润,畏热多汗,小便黄,大便秘结,舌红,苔黄厚或腻,脉沉滑实有力。

(二)治法

1. 方法一

(1)选穴　胃俞、脾俞、足三里、丰隆、支沟、曲池、中脘、天枢、带脉。

(2)定位　胃俞:在背部,当第十二胸椎棘突下,旁开1.5寸处。见图2-8-1。

脾俞:在背部,当第十一胸椎棘突下,旁开1.5寸。见图2-3-7。

足三里:在小腿前外侧,当犊鼻下3寸,距胫骨前缘一横指(中指)。见图2-1-12。

丰隆:在小腿前外侧,当外踝尖上8寸,距胫骨前缘二横指(中指)。见图2-2-2。

支沟:手背腕横纹上3寸,尺骨与桡骨之间,阳池与肘尖的连线上。见图2-13-1。

曲池:在肘部,屈肘,肘横纹桡侧端凹陷中。见图2-1-6。

中脘:在上腹部,前正中线上,当脐中上4寸。见图2-7-4。

天枢:在腹中部,脐中旁开2寸。见图2-8-3。

带脉:在侧腹部,当第十一肋骨游离端下方垂线与脐水平线的交点上。见图2-18-1。

(3)操作方法　常规消毒后,梅花针中度叩刺,使皮肤潮红。每日1次,10次为1疗程。

2. 方法二

(1)选穴　合谷、太冲、丰隆、中脘、天枢、带脉、上巨虚、阴陵泉。

(2)定位　合谷:第一、第二掌骨间,第二掌骨桡侧中点。见图2-1-9。

太冲:在足背侧,当第一跖骨间隙的后方凹陷处。见图2-5-2。

丰隆：见前。
中脘：见前。
天枢：见前。
带脉：见前。
上巨虚：在小腿前外侧，当犊鼻下 6 寸，距胫骨前缘一横指（中指）。见图 2-10-2。
阴陵泉：在小腿内侧，当胫骨内侧髁后下方凹陷处。见图 2-1-11。

(3)操作方法　常规消毒后，梅花针中度叩刺，使皮肤潮红。每日 1 次，5 次为 1 疗程。

二、脾胃虚弱、痰湿内阻

(一)症状

体胖以面颊部为甚，肌肉松弛，神疲乏力，食欲不振，胸胁、腹部胀闷不适，小便量少，或见全身浮肿，恶心呕吐，舌淡，苔白腻，脉细滑。

(二)治法

(1)选穴　胃俞、脾俞、足三里、关元、气海、中脘、天枢、带脉。
(2)定位　胃俞：见前。
脾俞：见前。
足三里：见前。
关元：在下腹部，前正中线上，当脐下 3 寸。见图 2-8-5。
气海：在下腹部，前正中线上，当脐下 1.5 寸。见图 2-8-6。
中脘：见前。
天枢：见前。
带脉：见前。

(3)操作方法　常规消毒后，梅花针中度叩刺，使皮肤潮红。每日 1 次，10 次为 1 疗程。

三、注意事项

(1)治疗时，应对针刺工具、皮肤进行严格消毒。
(2)避免抓挠，如局部有感染，应运用抗生素抗感染。

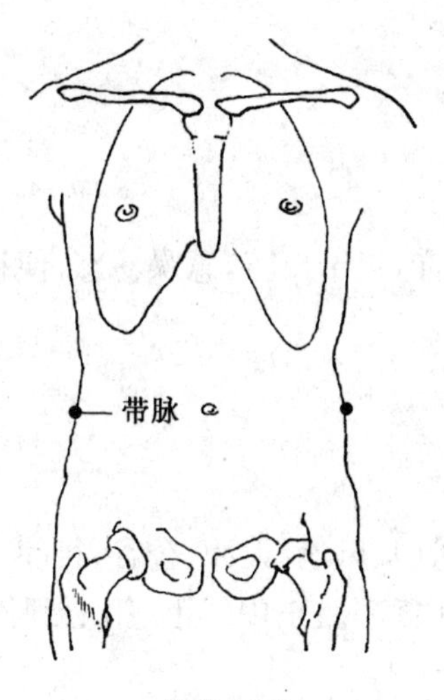

图 2-18-1

(3)注意控制饮食。

(4)加强体育运动。

四、病例

何某，女，19 岁。患者身高 165cm，体重达 85kg，希望能减轻体重，故来就诊。形体壮实，食欲旺盛，面色红润，畏热多汗，舌红，苔白微腻，脉滑。诊断为肥胖，证属饮食不节，脾胃积热。取胃俞、脾俞、足三里、曲池、合谷、中脘、天枢、带脉梅花针中度叩刺，使皮肤潮红。每日 1 次，10 次为 1 疗程。治疗期间嘱患者控制饮食，每天慢跑半小时。治疗 10 疗程后，患者体重减轻了 24kg。

第十九节　高血压病

高血压病是以体循环动脉血压增高为主要临床特征，并伴有血管、心、脑、肾等器官病理性改变的全身性疾病。成年人收缩压在 140mmHg 以上，并(或)伴有舒张压在 90mmHg 以上，排除继发性高血压，并伴有头痛、头晕、耳鸣、健忘、失眠、心跳加快等症状，即可确诊为高血压病。现代医学认为，高血压病与年龄、职业、环境、肥胖、高血脂、嗜酒、吸烟等也有关。一般分为肝火偏旺、痰浊上扰及肾虚火旺 3 型。

一、肝火偏旺

(一)症状

头痛眩晕,面红目赤,口干口苦,急躁易怒,便秘尿黄,舌红苔黄,脉滑数或弦数。

(二)治法

1. 方法一

(1)选穴　大椎、风门、风池、太冲、合谷、行间、曲池、百会、三阴交。

(2)定位　大椎:在背部后正中线上,第七颈椎棘突下凹陷中。见图2-1-1。

风门:在背部,当第二胸椎棘突下,旁开1.5寸。见图2-1-3。

风池:在项部,当枕骨之下,与风府相平,胸锁乳突肌与斜方肌上端之间的凹陷处。见图2-1-2。

太冲:在足背侧,当第一跖骨间隙的后方凹陷处。见图2-5-2。

合谷:第一、第二掌骨间,第二掌骨桡侧中点。见图2-1-9。

行间:在足背部,第一、第二趾间赤白肉际处。见图2-6-4。

曲池:在肘部,屈肘,肘横纹桡侧端凹陷中。见图2-1-6。

百会:在头部,当前发际正中直上5寸,或两耳尖连线的中点处。见图2-6-1。

三阴交:在小腿内侧,当足内踝尖上3寸,胫骨内侧缘后方。见图2-10-3。

(3)操作方法　常规消毒后,梅花针中度叩刺,使皮肤潮红。每日1次,5次为1疗程。

2. 方法二

(1)选穴　耳尖。

(2)定位　耳尖:在耳廓的上方,当折耳向前,耳廓上方的尖端处。见图2-1-13。

(3)操作方法　常规消毒后,可以予三棱针耳尖放血。如果没有三棱针,也可以用注射针头代替,一般用0.5mm或0.8mm规格的注射针头。先用酒精在耳尖常规消毒,用三棱针迅速点刺一下,接着挤压局部,使血

液渗出，同时用酒精棉球擦拭出血点，防止血液凝固。注意不要用干棉球，因为干棉球能加速血液凝固。

二、痰浊上扰

（一）症状

看东西时感觉物体在旋转，头重如被布裹住一样，胸闷，恶心，呕吐清水，痰涎，脘腹不适，胃口差，精神疲倦，舌淡，苔白厚，脉滑。

（二）治法

（1）选穴　大椎、风门、足三里、脾俞、肾俞、阴陵泉、丰隆、百会、曲池。

（2）定位　大椎：见前。

风门：见前。

足三里：在小腿前外侧，当犊鼻下 3 寸，距胫骨前缘一横指（中指）。见图 2-1-12。

脾俞：在背部，当第十一胸椎棘突下，旁开 1.5 寸。见图 2-3-7。

肾俞：在腰部，当第二腰椎棘突下，旁开 1.5 寸。见图 2-3-8。

阴陵泉：在小腿内侧，当胫骨内侧髁后下方凹陷处。见图 2-1-11。

丰隆：在小腿前外侧，当外踝尖上 8 寸，距胫骨前缘二横指（中指）。见图 2-2-2。

百会：见前。

曲池：见前。

（3）操作方法　常规消毒后，梅花针中度叩刺，使皮肤潮红。每日 1 次，5 次为 1 疗程。

三、肾虚火旺

（一）症状

头痛头晕，耳鸣，眼花，头重脚轻，腰膝酸软，失眠多梦，急躁易怒，舌红干，少津，苔少或无苔，脉细数。

（二）治法

（1）选穴　大椎、肾俞、肝俞、太冲、太溪、照海、三阴交、合谷。

（2）定位　大椎：见前。

肾俞：见前。

肝俞：在背部，当第九胸椎棘突下，旁开 1.5 寸。见图 2-5-3。

太冲：见前。

太溪：在足跟部，内踝尖与跟腱之间凹陷中。见图 2-2-5。

照海：足踝部，内踝尖下方凹陷中。见图 2-2-4。

三阴交：见前。

合谷：见前。

（3）操作方法　常规消毒后，梅花针中度叩刺，使皮肤潮红。每日 1 次，5 次为 1 疗程。

四、注意事项

（1）治疗时，应对针刺工具、皮肤进行严格消毒。

（2）避免抓挠，如局部有感染，应运用抗生素抗感染。

（3）对于本病，梅花针疗法只是一个辅助的方法，患者需要服用降压药。梅花针疗法可以逐渐减少降压药的用量。

（4）注意调摄心情，控制饮食，加强体育运动。

五、病例

刘某，男，68 岁。血压偏高 3 年余。患者 3 年前发现血压偏高，最高血压达 195/110mmHg，一直服用开博通、拜新同、倍他乐克降压，平素血压控制尚可。近几日血压控制不理想，血压达 160/100mmHg，患者不愿再加大降压药用量，遂来寻求中医治疗。症见：面红目赤，口干口苦，急躁易怒，小便黄，大便干结，睡眠欠佳，舌红苔黄，脉弦数。诊断为高血压病 3 级（高危组），证属肝火偏旺。先予耳尖放血，再取大椎、风门、风池、太冲、合谷、行间、曲池、百会、三阴交梅花针中度叩刺，使皮肤潮红。每日 1 次，5 次为 1 疗程。嘱患者继续服用原降压药。治疗 2 次后，患者血压即控制在 140/90mmHg 以下。后不再耳尖放血，单纯梅花针叩刺，继续治疗 1 疗程后，患者血压稳定在 140/90mmHg 以下。

第二十节　面　　瘫

面瘫分为周围性面瘫和中枢性面瘫。本病起病急骤，颜面向健侧歪斜，患侧肌肉松弛，额纹消失，眼睛闭合不全，鼻唇沟变浅或消失，口角下垂，不能做皱眉、露齿、鼓腮等动作。部分病人初起有耳后疼痛，还可出现患侧舌前味觉减退或消失。一般分为风寒外袭和痰浊内阻2型。

一、风寒外袭

(一)症状

起病急，多在晨起起床后发现口角歪斜、流口水，不能自止，进食后易造成食物残留，不能鼓腮、吹口哨等。伴有恶寒发热，颈项不舒，舌淡红，苔薄白，脉浮紧。

(二)治法

(1)选穴　阳白、地仓、颊车、太阳、四白、颧髎、风池、翳风、合谷、外关。

(2)定位　阳白：在前额部，当瞳孔直上，眉上1寸。见图2-20-1。

地仓：在面部，口角外侧，瞳孔直下。见图2-20-1。

颊车：在面颊部，下颌角前上方一横指，当咀嚼时咬肌隆起，按之凹陷处。见图2-20-1。

太阳：在颞部，当眉梢与目外眦之间，向后约一横指的凹陷处。见图2-6-2。

四白：在面部，目正视，瞳孔直下，当眶下孔凹陷处。见图2-20-1。

颧髎：在面部，当目外眦直下，颧骨下缘凹陷处。见图2-20-1。

风池：在项部，当枕骨之下，与风府相平，胸锁乳突肌与斜方肌上端之间的凹陷处。见图2-1-2。

翳风：在耳垂后方，乳突与下颌角之间凹陷处。见图2-14-1。

合谷：第一、第二掌骨间，第二掌骨桡侧中点。见图2-1-9。

外关:前臂背面,腕横纹上两寸,桡骨与尺骨之间凹陷处。见图 2-1-5。

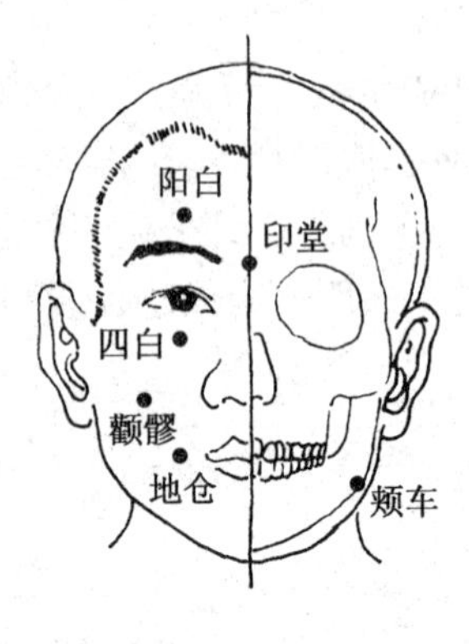

图 2-20-1

(3)操作方法　常规消毒后,梅花针中度叩刺,使皮肤潮红。每日1次,5次为1疗程。

二、痰浊内阻

(一)症状

颜面向健侧歪斜,患侧肌肉松弛,可见患侧额纹消失、眼睛闭合不全、鼻唇沟变浅或消失,口角下垂,不能做皱眉、露齿、鼓腮等动作,可伴有言语不利,舌强硬、斜等症,舌淡胖,苔白厚或腻,脉弦滑。

(二)治法

(1)选穴　阳白、地仓、颊车、太阳、四白、颧髎、下关、足三里、合谷、丰隆、气海。

(2)定位　阳白:见前。

地仓:见前。

颊车:见前。

太阳:见前。

四白:见前。

颧髎:见前。

下关:在面部,耳前,颧弓下凹陷中。见图 2-14-2。

足三里：在小腿前外侧，当犊鼻下3寸，距胫骨前缘一横指（中指）。见图2-1-12。

合谷：见前。

丰隆：在小腿前外侧，当外踝尖上8寸，距胫骨前缘二横指（中指）。见图2-2-2。

气海：在下腹部，前正中线上，当脐下1.5寸。见图2-8-6。

（3）操作方法　常规消毒后，梅花针中度叩刺，使皮肤潮红。每日1次，5次为1疗程。

三、注意事项

（1）治疗时，应对针刺工具、皮肤进行严格消毒。

（2）避免抓挠，如局部有感染，应运用抗生素抗感染。

（3）对于本病，还可以运用面部闪罐、走罐，隔姜灸，特别是时间较长的顽固性面瘫。

四、病例

乔某，女，58岁。患者晨起洗漱时发现左侧口角流涎、麻木，遂来就诊。症见：口角向右侧歪斜，左侧鼻唇沟变浅，左侧额纹变浅，左侧眼裂增大，闭眼不完全。伴左侧口角麻木，鼓腮漏气，舌淡胖，苔白腻，脉弦滑。诊断为周围性面瘫，证属风寒外袭。取阳白、地仓、颊车、太阳、四白、颧髎、风池、翳风、合谷、外关梅花针中度叩刺，使皮肤潮红。每日1次，5次为1疗程。治疗3疗程后，诸症悉除，左右颜面对称如常。

第二十一节　健　忘

大脑是使用频率最高也最容易疲劳的器官，长时间用脑不注意休息，可引起脑胀、反应迟钝、思维能力下降。随着年龄的增长，大脑功能逐步减弱，脑力逐渐减退，出现记忆力差、健忘等症状。进入老年，脑力减退更明显。一般分为心脾不足和肾虚2型。

一、心脾不足

(一)症状

健忘失眠,精神疲倦,神疲乏力,不思饮食,口淡乏味,心悸心慌,面色苍白,舌淡,苔薄白,脉细弱。

(二)治法

(1)选穴　大椎、百会、神庭、印堂、本神、太溪、太冲、气海、内关、心俞。

(2)定位　大椎:在背部后正中线上,第七颈椎棘突下凹陷中。见图2-1-1。

百会:在头部,当前发际正中直上5寸,或两耳尖连线的中点处。见图2-6-1。

神庭:在头部,头正中线上,前发际直上0.5寸。见图2-17-4。

印堂:在前额部,当两眉头间连线与前正中线之交点处。见图2-5-1。

本神:在头部,当前发际上0.5寸,头正中线旁开3寸。见图2-21-1。

太溪:在足跟部,内踝尖与跟腱之间凹陷中。见图2-2-5。

太冲:在足背侧,当第一跖骨间隙的后方凹陷处。见图2-5-2。

气海:在下腹部,前正中线上,当脐下1.5寸。见图2-8-6。

内关:在前臂掌侧,当曲泽与大陵的连线上,腕横纹上2寸,掌长肌肌腱与桡侧腕屈肌肌腱之间。见图2-7-1。

心俞:在背部,当第五胸椎棘突下,旁开1.5寸。见图2-17-2。

(3)操作方法　常规消毒后,梅花针中度叩刺,使皮肤潮红。每日1次,5次为1疗程。

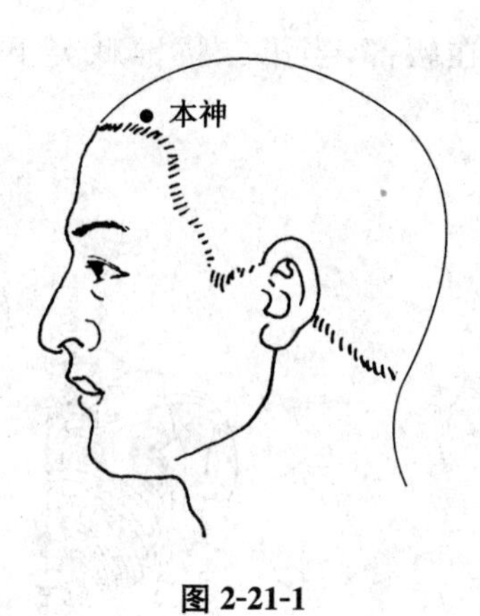

图 2-21-1

二、肾虚

(一)症状

健忘失眠,精神疲倦,腰膝酸软,头发早白,下午或夜间安静时容易出汗,胸中烦热,男性可见滑精、早泄,女性可见不孕,性欲减退,舌红,苔少,脉细数。

(二)治法

(1)选穴　百会、神庭、印堂、本神、太溪、肾俞、心俞、三阴交、悬钟、志室。

(2)定位　百会:见前。

神庭:见前。

印堂:见前。

本神:见前。

太溪:见前。

肾俞:在腰部,当第二腰椎棘突下,旁开 1.5 寸。见图 2-3-8。

心俞:见前。

三阴交:在小腿内侧,当足内踝尖上 3 寸,胫骨内侧缘后方。见图 2-10-3。

悬钟:在小腿外侧,当外踝尖上 3 寸,腓骨前缘。见图 2-21-2。

志室：在腰部，当第二腰椎棘突下，旁开 3 寸。见图 2-21-3。

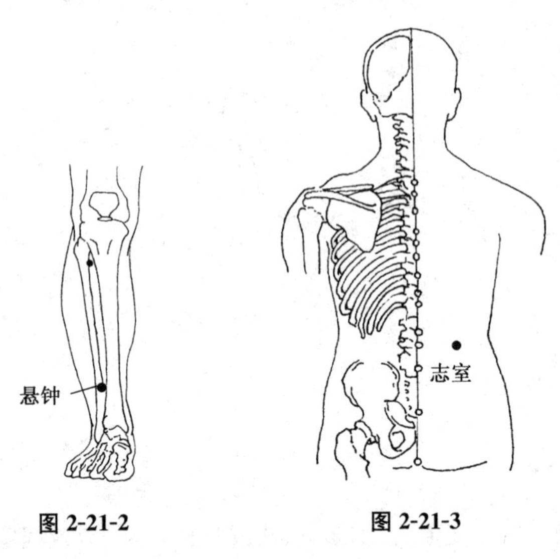

图 2-21-2　　图 2-21-3

(3)操作方法　常规消毒后，梅花针中度叩刺，使皮肤潮红。每日 1 次，5 次为 1 疗程。

三、注意事项

(1)治疗时，应对针刺工具、皮肤进行严格消毒。

(2)避免抓挠，如局部有感染，应运用抗生素抗感染。

(3)对于本病，梅花针疗法有一定的疗效，但如果患者年纪较大，病情较重，疗效则较差。

四、病例

杨某，女，58 岁。患者近几年来记忆力减退，容易忘记近期事物。精神疲倦，面色萎黄，头脑昏沉，气短心悸，纳眠欠佳，舌淡，苔薄白，脉细弱。诊断为健忘，证属心脾不足。取百会、神庭、印堂、本神、太溪、脾俞、气海、内关、心俞梅花针中度叩刺，使皮肤潮红。每日 1 次，5 次为 1 疗程。治疗 5 疗程后，患者精神好转，睡眠改善。继续治疗 10 疗程，患者神思清晰，精神佳，记忆力改善。

第二十二节　肠易激综合征

肠易激综合征属于胃肠功能紊乱性疾病，指的是一组包括腹痛、腹胀、排便习惯和大便性状异常、黏液便，持续存在或间歇发作，而又缺乏形态学和生化异常改变的症候群。

临床表现是腹痛与排便习惯和粪便性状的改变。几乎所有患此病者都有不同程度的腹痛。部位不定，以下腹和左下腹多见。还伴腹泻或便秘，腹胀或腹胀感，可有排便不尽感、排便窘迫感。可分为腹泻与便秘2型。

一、腹泻型

（一）症状

以腹泻为主要表现，一般每日大便3～5次，少数严重发作期可达十数次。大便多呈稀糊状，也可为成形软便或稀水样。多带有黏液，部分患者粪质少而黏液量很多，但绝无脓血。或伴有腹痛腹胀。排便不干扰睡眠。

（二）治法

（1）选穴　关元、中脘、足三里、天枢、气海、脾俞、公孙、阴陵泉。

（2）定位　关元：在下腹部，前正中线上，当脐下3寸。见图2-8-5。

中脘：在上腹部，前正中线上，当脐中上4寸。见图2-7-4。

足三里：在小腿前外侧，当犊鼻下3寸，距胫骨前缘一横指（中指）。见图2-1-12。

天枢：在腹中部，脐中旁开2寸。见图2-8-3。

气海：在下腹部，前正中线上，当脐下1.5寸。见图2-8-6。

脾俞：在背部，当第十一胸椎棘突下，旁开1.5寸。见图2-3-7。

公孙：在足内侧缘，当第一跖骨基底部前下方。见图2-9-1。

阴陵泉：在小腿内侧，当胫骨内侧髁后下方凹陷处。见图2-1-11。

(3)操作方法　常规消毒后,梅花针中度叩刺,使皮肤潮红。每日1次,中病即止。

二、便秘型

(一)症状

以排便困难为主要表现,粪便干结、量少,呈羊粪状或细杆状,表面可附黏液,或伴有腹痛腹胀。

(二)治法

(1)选穴　支沟、足三里、大肠俞、上巨虚、照海、天枢、气海、公孙。

(2)定位　支沟:手背腕横纹上3寸,尺骨与桡骨之间,阳池与肘尖的连线上。见图2-13-1。

足三里:见前。

大肠俞:在腰部,当第四腰椎棘突下,旁开1.5寸。见图2-10-1。

上巨虚:在小腿前外侧,当犊鼻下6寸,距胫骨前缘一横指(中指)。见图2-10-2。

照海:足踝部,内踝尖下方凹陷中。图2-2-4。

天枢:见前。

气海:见前。

公孙:见前。

(3)操作方法　常规消毒后,梅花针中度叩刺,使皮肤潮红。每日1次,5次为1疗程。

三、注意事项

(1)治疗时,应对针刺工具、皮肤进行严格消毒。

(2)避免抓挠,如局部有感染,应运用抗生素抗感染。

(3)对于本病,腹泻与便秘交替存在,只是在不同时期,以其中之一为主要表现。

(4)注意清淡饮食,忌食辛辣、油腻、生冷等损伤脾胃的食物。

(5)可在临睡前摩腹约5分钟,增强肠胃功能,也可艾条温和灸气海、中脘、足三里以健脾益气。

四、病例

曾某，女，48 岁。患者近 2 年来反复发作腹痛、腹胀、腹泻，偶有便秘，排黏液便，曾多方间断治疗，效果不明显。近日腹泻，伴有腹痛，排黄褐色稀烂便，伴有精神疲倦，乏力，面色无华，喜温畏寒。舌淡红苔白，脉沉细。诊断为肠易激综合征，证属腹泻型(脾胃虚寒)，取关元、中脘、足三里、天枢、气海、脾俞、公孙、命门梅花针中度叩刺，使皮肤潮红。并予艾条温和灸气海。每日 1 次，5 次为 1 疗程。治疗 3 次后，腹泻止，继续治疗 2 疗程后，诸症悉除。后嘱患者自行每日温和灸足三里，随诊 1 年未复发。

第三章 梅花针疗法用于外科疾病

第一节 颈 椎 病

颈椎病又称颈椎综合征，是由于颈部长期劳损，颈椎及其周围软组织发生病理改变或骨质增生等，导致颈神经根、颈部脊髓、椎动脉及交感神经受到压迫或刺激而引起的一组复杂的症候群。多因风寒、外伤、劳损等因素造成，一般出现颈僵，活动受限，一侧或两侧颈、肩、臂出现放射性疼痛，头痛头晕，肩、臂、指麻木，胸闷心悸等症状。根据临床症状轻重不同，分为寒湿阻络、血瘀阻络 2 型。

一、寒湿阻络

（一）症状

头痛、后枕部疼痛，颈项强硬，转侧不利，一侧或两侧肩背与手指麻木酸痛，或头痛牵涉至上背痛，颈肩部畏寒喜热，颈椎旁有时可以触及肿胀结节，舌淡，苔白，脉弦紧。

（二）治法

（1）选穴　颈部压痛点、大椎、风门、颈百劳、风池、颈部督脉、颈部膀胱经。

（2）定位　大椎：在背部后正中线上，第七颈椎棘突下凹陷中。见图 2-1-1。

风门：在背部，当第二胸椎棘突下，旁开 1.5 寸。见图 2-1-3。

颈百劳：在颈部，大椎旁开 1 寸，上 2 寸。见图 3-1-1。

风池：在项部，当枕骨之下，与风府相平，胸锁乳突肌与斜方肌上端之间的凹陷处。见图 2-1-2。

颈部膀胱经：在颈部，脊柱正中旁开约 1.3 寸。

颈部督脉:在颈部,脊柱正中。

(3)操作方法　常规消毒后,梅花针中度叩刺,使皮肤潮红。每日1次,5次为1疗程。

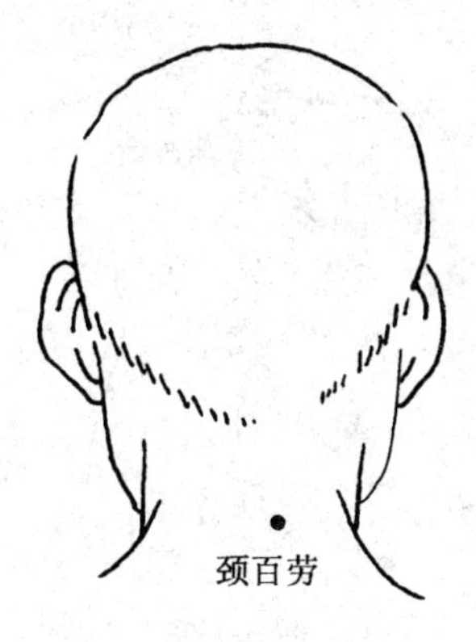

图 3-1-1

二、血瘀阻络

(一)症状

头昏,眩晕,倦怠乏力,颈部酸痛,或双肩疼痛,视物模糊,食欲不振,面色无华,或伴有胸闷心悸,舌暗,可见瘀点,苔白,脉弦涩。

(二)治法

(1)选穴　颈部压痛点、大椎、大杼、百会、肩中俞、肩外俞、颈部督脉、颈部膀胱经。

(2)定位　大椎:见前。

百会:见前。

大杼:在背部,当第一胸椎棘突下,旁开1.5寸。见图3-1-2。

肩中俞:在背部,当第七颈椎棘突下,旁开2寸。见图3-1-2。

肩外俞:在背部,当第一胸椎棘突下,旁开3寸。见图3-1-2。

颈部膀胱经:见前。

颈部督脉:见前。

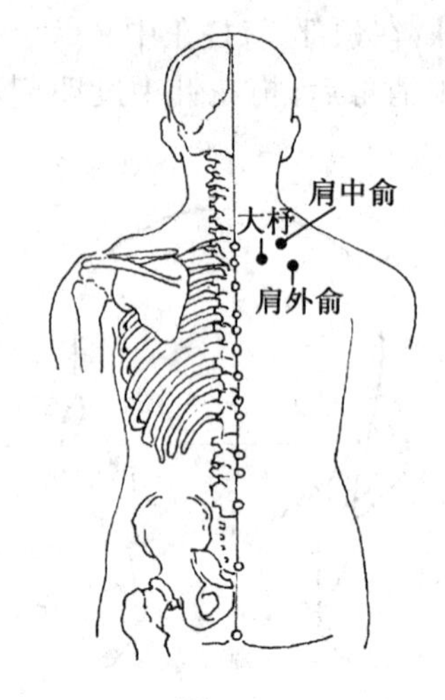

图 3-1-2

(3)**操作方法**　常规消毒后，梅花针中度叩刺，使皮肤潮红。每日1次，5次为1疗程。

三、对症治疗

部分颈椎病患者以头晕为主症，当头晕比较严重时，可以用百会压灸的方法止晕。用艾绒做成约小指头大小的艾柱。放于百会穴，点燃艾柱，患者感觉温热时，用硬纸板垫住大拇指垂直把艾柱向下压熄灭。如果患者感觉一股热感从头顶向下传遍整个头部效果最好，症状会立刻缓解很多。

四、注意事项

(1)治疗时，应对针刺工具、皮肤进行严格消毒。

(2)避免抓挠，如局部有感染，应运用抗生素抗感染。

(3)可予热水袋外敷颈部增强疗效。

(4)长期伏案工作者，需要注意保持正确的姿势。工作1小时后要活动颈部。枕头高低要适中，枕头不能太软。

五、病例

刘某，女，68岁。患者颈部疼痛不适反复发作十余年，近日疼痛加

重，故来就诊。症见：颈项疼痛，伴有向左上肢放射性疼痛、麻木，约第四颈椎左侧压痛明显。舌暗红苔薄白，脉细涩。诊断为颈椎病，取颈部压痛点、大椎、大杼、肩中俞、肩外俞、颈百劳、颈部督脉、颈部膀胱经梅花针中度叩刺，使皮肤潮红。每日1次，5次为1疗程。治疗1疗程后，疼痛明显减轻，继续治疗1疗程后，诸症悉除。

第二节　落　　枕

落枕是指急性颈部肌肉痉挛、强直、酸胀、疼痛，头颈转动障碍等，轻者可自行痊愈，重者能迁延数周。可因劳累过度、睡眠时头颈部位置不当、枕头高低软硬不适，使颈部肌肉长时间处于过度伸展或紧张状态，引起颈部肌肉静力性损伤或痉挛，也可因风寒湿邪侵袭，或因外力袭击，或因肩扛重物等导致。一般分为风寒阻络和气滞血瘀2型。

一、风寒阻络

（一）症状

偶晨起出现颈项、肩背部疼痛僵硬不适，转侧受限，尤以旋转后仰为甚，头歪向健侧，肌肉痉挛酸胀，可伴有恶寒，头晕，精神疲倦，口淡不渴，舌淡红，苔薄白，脉浮紧。

（二）治法

（1）选穴　颈部压痛点、大椎、风池、百会、合谷、外关、颈部督脉、颈部膀胱经。

（2）定位　大椎：在背部后正中线上，第七颈椎棘突下凹陷中。见图2-1-1。

风池：在项部，当枕骨之下，与风府相平，胸锁乳突肌与斜方肌上端之间的凹陷处。见图2-1-2。

百会：在头部，当前发际正中直上5寸，或两耳尖连线的中点处。见图2-6-1。

合谷：第一、第二掌骨间，第二掌骨桡侧中点。见图2-1-9。

外关：前臂背面，腕横纹上两寸桡骨与尺骨之间凹陷处。见图2-1-5。

颈部膀胱经：在颈部，脊柱正中旁开约1.3寸。

颈部督脉：在颈部，脊柱正中。

(3)操作方法　常规消毒后，梅花针中度叩刺，使皮肤潮红。每日1次，中病即止。

二、气滞血瘀

(一)症状

症状反复发作，颈项、肩背部疼痛僵硬不适，部位固定，转动不利，肌肉痉挛酸胀，多在劳累、睡眠姿势不当后发作，舌暗，可见瘀点，苔白，脉弦涩。

(二)治法

(1)选穴　风池、肩井、膈俞、血海、三阴交、患侧压痛点、颈部督脉、颈部膀胱经。

(2)定位　风池：见前。

肩井：在肩上，前直乳中，当大椎穴与肩峰端连线的中点上。见图3-2-1。

膈俞：在背部，当第七胸椎棘突下，旁开1.5寸。见图2-3-5。

血海：在大腿内侧，髌底内侧端上2寸。见图2-14-3。

三阴交：在小腿内侧，当足内踝尖上3寸，胫骨内侧缘后方。见图2-10-3。

颈部膀胱经：见前。

颈部督脉：见前。

(3)操作方法　常规消毒后，梅花针中度叩刺，使皮肤潮红。每日1次，中病即止。

三、注意事项

(1)治疗时，应对针刺工具、皮肤进行严格消毒。

(2)避免抓挠，如局部有感染，应运用抗生素抗感染。

(3)对于本病，需要注意正确的睡眠姿势，适中的枕头高度，枕头不要过软，避免风寒侵袭。

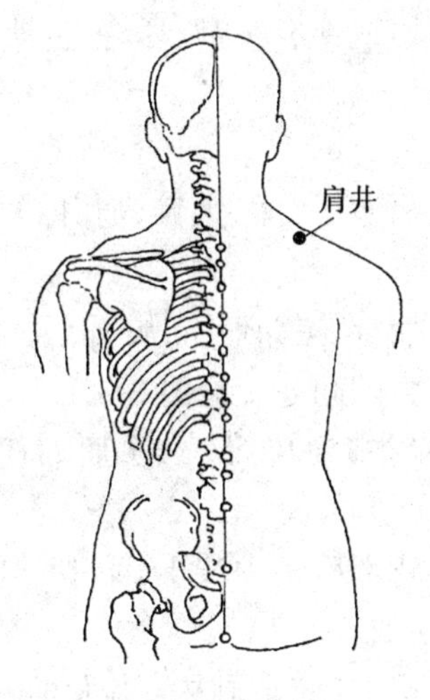

图 3-2-1

四、病例

刘某，男性，34 岁，工人。晨起觉左侧颈部拘急疼痛不适，头不能完全向左转，遂来就诊。症见：左颈部不适，活动受限，头左转时拘急疼痛。颈肌紧张，左侧胸锁乳突肌压痛，舌淡红，苔薄白，脉浮紧。诊断为落枕，证属风寒阻络。取压痛点、大椎、风池、百会、合谷、外关、颈部督脉、颈部膀胱经梅花针中度叩刺，使皮肤潮红。每日 1 次。经治疗 3 次后，病情基本缓解，5 次后痊愈。

第三节　肩　周　炎

肩周炎又称肩关节周围炎，是肩关节周围软组织（关节囊、韧带等）的一种退行性炎性疾病。本病多发于 50 岁左右的中年人，故又称“五十肩”。早期以肩部疼痛为主，夜间加重，并伴有凉、僵硬的感觉；后期病变组织会有粘连，且会并发功能障碍。一般分为风寒阻络和气血瘀滞 2 型。

一、风寒阻络

（一）症状

肩部疼痛，痛牵肩背、颈项，关节活动轻度受限，恶风畏寒，复感风寒则疼痛加剧,得温则痛减,或伴有头晕、耳鸣,舌淡红,苔薄白,脉浮紧。

(二)治法

(1)选穴　压痛点、肩髃、尺泽、大椎、肩井、外关、肾俞、关元、肩关节周围。

(2)定位　肩髃:在肩部,三角肌上,臂外展,或向前平伸时,当肩峰前下方凹陷处。见图 3-3-1。

尺泽:在肘横纹中,肱二头肌肌腱桡侧凹陷处。见图 2-1-10。

大椎:在背部后正中线上,第七颈椎棘突下凹陷中。见图 2-1-1。

肩井:在肩上,前直乳中,当大椎穴与肩峰端连线的中点上。见图 3-2-1。

外关:前臂背面,腕横纹上两寸桡骨与尺骨之间凹陷处。见图 2-1-5。

肾俞:在腰部,当第二腰椎棘突下,旁开 1.5 寸。见图 2-3-8。

关元:在下腹部,前正中线上,当脐下 3 寸。见图 2-8-5。

(3)操作方法　常规消毒后,梅花针中度叩刺,使皮肤潮红。每日 1 次,5 次为 1 疗程。

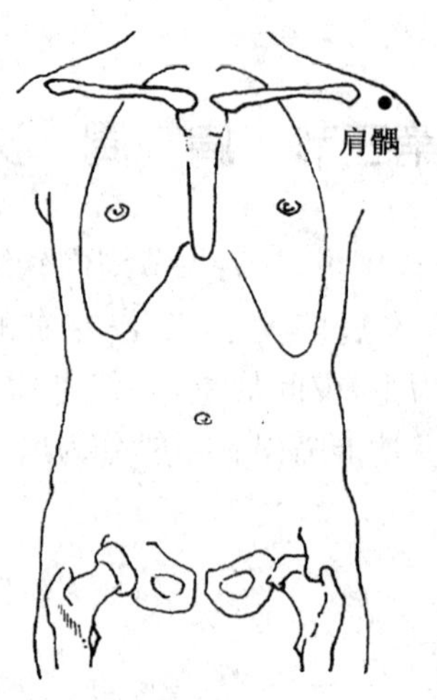

图 3-3-1

二、气血瘀滞

（一）症状

肩部疼痛，痛势较剧烈，痛如针刺，痛处固定不移，以夜间为重，肩关节活动受限较明显，局部肿胀、青紫，舌暗，可见瘀点，苔白，脉弦涩。

（二）治法

（1）选穴　外关、合谷、曲池、肩井、肩髃、气海、血海、三阴交、肩关节周围。

（2）定位　外关：见前。

合谷：第一、第二掌骨间，第二掌骨桡侧中点。见图 2-1-9。

曲池：在肘部，屈肘，肘横纹桡侧端凹陷中。见图 2-1-6。

肩井：见前。

肩髃：见前。

气海：在下腹部，前正中线上，当脐下 1.5 寸。见图 2-8-6。

血海：在大腿内侧，髌底内侧端上 2 寸。见图 2-14-3。

三阴交：在小腿内侧，当足内踝尖上 3 寸，胫骨内侧缘后方。见图 2-10-3。

（3）操作方法　常规消毒后，梅花针中度叩刺，使皮肤潮红。每日 1 次，5 次为 1 疗程。

三、注意事项

（1）治疗时，应对针刺工具、皮肤进行严格消毒。

（2）避免抓挠，如局部有感染，应运用抗生素抗感染。

（3）患者应进行功能锻炼。

（4）可予热水袋外敷，增强疗效，可在肩关节周围拔火罐，增强疗效。

（5）对于本病，需要患者肩关节多做运动，以缓解疼痛，增加关节活动度。

四、病例

张某，女，52 岁。右肩疼痛半年余，伴右肩关节活动受限，故来就诊。症见：肩部疼痛，痛牵肩背、颈项，关节活动受限，右肩关节前屈 100°，外展约 70°,后伸手不能触及骶骨,右上肢不能梳头,感风寒则疼痛加剧,得温则痛减,舌淡红,苔薄白,脉弦涩。取压痛点、肩髃、尺泽、大椎、肩井、外关、肾俞、关元梅花针中度叩刺,使皮肤潮红。然后在肩关节周围拔火罐5分钟。每日1次,5次为1疗程。并嘱患者进行功能锻炼。4疗程后,患者肩关节无疼痛,右肩关节前伸达 140°,外展约 80°,后伸手能触及第十胸椎,右上肢能梳头。

第四节　慢性腰痛

慢性腰痛又称腰肌劳损,主要是指腰骶部肌肉、筋膜、韧带等软组织的慢性损伤而引起的慢性疼痛。临床表现为长期、反复发作的腰背疼痛,时轻时重;劳累负重后加剧,卧床休息后减轻;阴雨天加重,晴天减轻;腰腿活动无明显障碍,但部分患者伴有脊柱侧弯、腰肌痉挛、下肢牵涉痛等症状。一般分为风寒湿困、肾气亏虚、气滞血瘀3型。

一、风寒湿困

(一)症状

腰冷痛伴有沉重感,侧转不利,虽经卧床休息,症状也不减轻,天气变化症状加重,腰部热敷后感到舒适,舌淡红,苔薄白或腻,脉弦滑或紧。

(二)治法

1. 方法一

(1)选穴　腰部压痛点、委中、阴陵泉、阳陵泉、腰阳关、命门、肾俞、关元。

(2)定位　委中:在腘横纹中点,当股二头肌肌腱与半腱肌肌腱的中间。见图 2-12-2。

阴陵泉:在小腿内侧,当胫骨内侧髁后下方凹陷处。见图 2-1-11。

阳陵泉:在小腿外侧,当腓骨头前下方凹陷处。见图 2-6-5。

腰阳关:在腰部,后正中线上,第四腰椎棘突下凹陷中。见图 2-16-1。

命门：在后正中线上，第二腰椎棘突下凹陷中。见图 2-3-3。

肾俞：在腰部，当第二腰椎棘突下，旁开 1.5 寸。见图 2-3-8。

关元：在下腹部，前正中线上，当脐下 3 寸。见图 2-8-5。

（3）操作方法　常规消毒后，梅花针中度叩刺，使皮肤潮红。每日 1 次，5 次为 1 疗程。

2. 方法二

（1）选穴　委中、腰部压痛点、腰部督脉、腰部膀胱经。

（2）定位　委中：见前。

腰部督脉：在腰部，后正中线上。

腰部膀胱经：在腰部，后正中线旁开 1.5 寸和 3 寸。

（3）操作方法　常规消毒后，梅花针中度叩刺，使皮肤潮红。每日 1 次，5 次为 1 疗程。

二、肾气亏虚

（一）症状

腰痛酸软无力，朝轻暮重，劳累加重，休息缓解，腰部捶、按后感觉舒适，可伴有耳鸣，头发早脱，五心烦热，肢体乏力，舌红，苔少，脉细弱或数。

（二）治法

（1）选穴　腰部压痛点、肾俞、大肠俞、委中、三阴交、太冲、太溪。

（2）定位　肾俞：在腰部，当第二腰椎棘突下，旁开 1.5 寸。见图 2-3-8。

大肠俞：在腰部，当第四腰椎棘突下，旁开 1.5 寸。见图 2-10-1。

委中：见前。

三阴交：在小腿内侧，当足内踝尖上 3 寸，胫骨内侧缘后方。见图 2-10-3。

太冲：在足背侧，当第一跖骨间隙的后方凹陷处。见图 2-5-2。

太溪：在足跟部，内踝尖与跟腱之间凹陷中。见图 2-2-5。

(3)操作方法 常规消毒后,梅花针中度叩刺,使皮肤潮红。每日1次,5次为1疗程。

三、气滞血瘀

(一)症状

腰胀痛或刺痛,痛处固定不移,以夜间为甚,局部肿胀、青紫,拒按,俯仰转侧受限,多有外伤史,舌暗,可见瘀点,苔白,脉弦涩。

(二)治法

1. 方法一

(1)选穴 腰部压痛点、肾俞、大肠俞、委中、血海、三阴交、合谷、阳陵泉。

(2)定位 肾俞:见前。

大肠俞:见前。

委中:见前。

血海:在大腿内侧,髌底内侧端上2寸。见图2-14-3。

三阴交:见前。

阳陵泉:见前。

合谷:第一、第二掌骨间,第二掌骨桡侧中点。见图2-1-9。

(3)操作方法 常规消毒后,梅花针中度叩刺,使皮肤潮红。每日1次,5次为1疗程。

2. 方法二

(1)选穴 委中。

(2)定位 委中:见前。

(3)操作方法 常规消毒后,梅花针重度叩刺,使其渗血,然后拔火罐放血。取罐后予75%乙醇擦拭,以使瘀血畅通流出,再用消毒棉球按压止血。然后再嘱患者作腰部前屈、后伸、旋转运动数次。每日1次,5次为1疗程。

四、注意事项

(1)治疗时,应对针刺工具、皮肤进行严格消毒。

(2)避免抓挠,如局部有感染,应运用抗生素抗感染。

(3)急性腰扭伤治疗后一定要瞩患者作腰部前屈、后伸、旋转运动数次。

(4)可在腰部拔火罐增强疗效,也可予艾条温和灸腰部。

五、病例

张某,女,45岁。5年前因弯腰搬动物体时扭伤腰部,当时未行特殊处理。后间有腰痛,腰部呈刺痛,痛处固定不移,以夜间为甚,近几个月腰痛有所加重,遂来就诊。查脊柱正常,腰部轻压痛,舌暗红,有瘀点,苔白,脉弦涩。取肾俞、大肠俞、血海、三阴交、合谷、阳陵泉梅花针中度叩刺,使皮肤潮红。并取委中梅花针重度叩刺,使其渗血,然后拔火罐放血。取罐后予75%乙醇擦拭,以使瘀血畅通流出,再用消毒棉球按压止血。每日1次,治疗5次后腰痛明显减轻,后改委中拔罐为梅花针中度叩刺,余治疗同前。继续治疗4疗程痊愈。

第五节　类风湿性关节炎

类风湿性关节炎是一种以关节病变为主要特征的慢性、全身性、免疫系统异常的疾病。早期有游走性的关节疼痛、肿胀和功能障碍,晚期则出现关节僵硬、畸形、肌肉萎缩和功能丧失。本病多发于青壮年人群,女性多于男性,起病缓慢,前期有反复性的上呼吸道感染史,而后先有单个关节疼痛,然后发展成多个关节疼痛;病变常从四肢远端的小关节开始,且左右基本对称;病程大多迁延多年,在进程中有多次缓解和复发交替的特点,有时缓解期可持续很长时间。传统医学认为,本病属“痹证”范畴。一般分为风证、寒证、湿证及热证4型。

一、风证

(一)症状

肢体关节疼痛,游走不定,发病初期肢节亦红亦肿,屈伸不利,或恶风,或恶寒,舌红,苔白微厚,脉弦紧。

(二)治法

(1)选穴　大椎、大杼、风门、肺俞、合谷、曲池、外关、足三里。

(2)定位　大椎:在背部后正中线上,第七颈椎棘突下凹陷中。见图2-1-1。

大杼:在背部,当第一胸椎棘突下,旁开1.5寸。见图3-1-2。

风门:在背部,当第二胸椎棘突下,旁开1.5寸。见图2-1-3。

肺俞:在背部,当第3胸椎棘突下,旁开1.5寸。

合谷:第一、第二掌骨间,第二掌骨桡侧中点。见图2-1-9。

曲池:在肘部,屈肘,肘横纹桡侧端凹陷中。见图2-1-6。

外关:前臂背面,腕横纹上两寸桡骨与尺骨之间凹陷处。见图2-1-5。

足三里:在小腿前外侧,当犊鼻下3寸,距胫骨前缘一横指(中指)。见图2-1-12。

(3)操作方法　常规消毒后,梅花针中度叩刺,使皮肤潮红。每日1次,10次为1疗程。

二、寒证

(一)症状

肢体关节疼痛不移,遇寒痛增,得热痛减,关节屈伸不利,局部皮色不红,触之不热,舌白腻,脉沉弦而紧。

(二)治法

(1)选穴　压痛点、大椎、大杼、肾俞、命门、腰阳关、阳陵泉、气海、关元、合谷、太冲。

(2)定位　大椎:见前。

大杼:见前。

肾俞:在腰部,当第二腰椎棘突下,旁开1.5寸。见图2-3-8。

命门:在后正中线上,第二腰椎棘突下凹陷中。见图2-3-3。

腰阳关:在腰部,后正中线上,第四腰椎棘突下凹陷中。见图2-16-1。

气海:在下腹部,前正中线上,当脐下 1.5 寸。见图 2-8-6。

关元:在下腹部,前正中线上,当脐下 3 寸。见图 2-8-5。

合谷:见前。

太冲:在足背侧,当第一跖骨间隙的后方凹陷处。见图 2-5-2。

(3)操作方法　常规消毒后,梅花针中度叩刺,使皮肤潮红。每日 1 次,10 次为 1 疗程。

三、湿证

(一)症状

肢体关节重着、疼痛,肢体关节肿胀,痛有定处,手足沉重,活动不便,肌肤麻木不仁,舌淡红,苔白厚而腻,脉弦滑。

(二)治法

(1)选穴　压痛点、阴陵泉、曲池、足三里、丰隆、脾俞、气海。

(2)定位　阴陵泉:在小腿内侧,当胫骨内侧髁后下方凹陷处。见图 2-1-11。

曲池:见前。

足三里:见前。

丰隆:在小腿前外侧,当外踝尖上 8 寸,距胫骨前缘二横指(中指)。见图 2-2-2。

脾俞:在背部,当第十一胸椎棘突下,旁开 1.5 寸。见图 2-3-7。

气海:见前。

(3)操作方法　常规消毒后,梅花针中度叩刺,使皮肤潮红。每日 1 次,10 次为 1 疗程。

四、热证

(一)症状

肢体关节红肿灼热剧痛,关节痛不可触,得冷稍舒,多伴有发热、怕风、口渴、尿黄、烦闷不安等全身症状,舌红,苔黄燥,脉弦数。

(二)治法

(1)选穴　大椎、风门、曲池、合谷、外关、气海、太冲、行间、阳陵泉。

(2)定位　大椎:见前。

风门:见前。

曲池:见前。

合谷:见前。

外关:见前。

气海:见前。

太冲:见前。

行间:在足背部,第一、第二趾间赤白肉际处。见图 2-6-4。

阳陵泉:见前。

(3)操作方法　常规消毒后,梅花针中度叩刺,使皮肤潮红。每日1次,10次为1疗程。

五、注意事项

(1)治疗时,应对针刺工具、皮肤进行严格消毒。

(2)避免抓挠,如局部有感染,应运用抗生素抗感染。

(3)本病病程长者,起效慢,应坚持治疗。并且本病目前暂无特效治疗方法,一般的治疗都是缓解症状,延缓病情进展。

六、病例

赵某,男性,57岁。双手指节疼痛1年,曾在外院诊断为类风湿性关节炎,服用过激素治疗,疗效不满意,遂来诊。症见:双手指节疼痛,关节疼痛不移,遇寒痛增,得热痛减,晨僵,双手指节稍变形,关节屈伸不利,局部皮色不红,触之不热,舌暗红,苔白腻,脉沉弦。诊断为类风湿性关节炎,证属寒证。取压痛点、大椎、大杼、肾俞、命门、腰阳关、阳陵泉、气海、关元梅花针中度叩刺,使皮肤潮红。每日1次,10次为1疗程。经2个疗程后,疼痛缓解。治疗5个疗程后,病情明显好转。嘱患者在家自行叩刺。随访1年病情控制良好,未再进展。

第六节　痔　　疮

痔疮是指直肠下端黏膜和肛管远侧段皮下的静脉曲张的团块呈半球状隆起的肉球。如发生在肛门内的叫内痔，在肛门外的叫外痔，内外均有的为混合痔。外痔在肛门边常有增生的皮瓣，发炎时疼痛；内痔便后可见出血，颜色鲜红，附在粪便外部；痔核可出现肿胀、疼痛、瘙痒、流水、出血等，大便时会脱出肛门。一般可以分为饮食不节、损伤脾胃及湿热下注2型。

一、饮食不节、损伤脾胃

（一）症状

饮食不节，喜食辛辣食物，胃中灼热，便后出血，血色鲜红，肛门发痒，大便不畅，全身症状不明显，舌红，苔黄腻，脉滑数。

（二）治法

（1）选穴　二白、足三里、脾俞、胃俞、百会、气海、委中。

（2）定位　二白：在前臂掌侧，腕横纹上4寸，桡侧腕屈肌肌腱的两侧。见图3-6-1。

足三里：在小腿前外侧，当犊鼻下3寸，距胫骨前缘一横指（中指）。见图2-1-12。

脾俞：在背部，当第十一胸椎棘突下，旁开1.5寸。见图2-3-7。

胃俞：在背部，当第十二胸椎棘突下，旁开1.5寸处。见图2-8-1。

百会：在头部，当前发际正中直上5寸，或两耳尖连线的中点处。见图2-6-1。

气海：在下腹部，前正中线上，当脐下1.5寸。见图2-8-6。

委中：在腘横纹中点，当股二头肌肌腱与半腱肌肌腱的中间。见图2-12-2。

（3）操作方法　常规消毒后，梅花针中度叩刺，使皮肤潮红。每日1次，5次为1疗程。

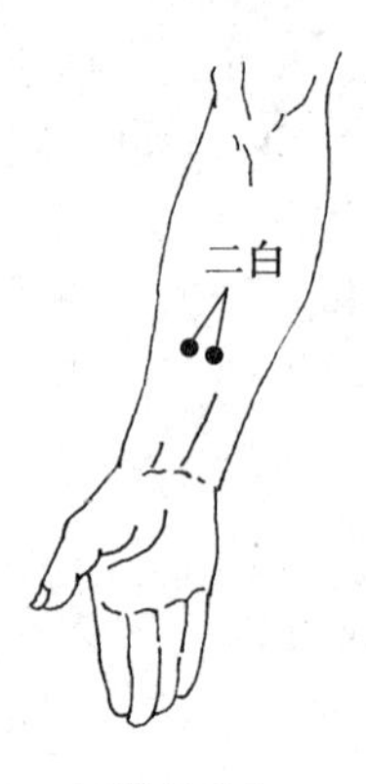

图 3-6-1

二、湿热下注

（一）症状

肛门沿肿痛，口干口苦，胃部疼痛，食欲不振，大便干燥或秘结，小便色黄，便时滴血，舌红，苔黄腻，脉滑数。

（二）治法

（1）选穴　大肠俞、阴陵泉、二白、承山、长强、百会、三阴交。

（2）定位　大肠俞：在腰部，当第四腰椎棘突下，旁开 1.5 寸。见图 2-10-1。

阴陵泉：在小腿内侧，当胫骨内侧髁后下方凹陷处。见图 2-1-11。

二白：见前。

承山：在小腿后面正中，委中与昆仑之间，当伸直小腿或足跟上提时腓肠肌肌腹下出现尖角凹陷处。见图 2-16-3。

长强：在尾骨端下，当尾骨端与肝门连线的中点处。见图 3-6-2。

百会：在头部，当前发际正中直上 5 寸，或两耳尖连线的中点处。见图 2-6-1。

三阴交：在小腿内侧，当足内踝尖上 3 寸，胫骨内侧缘后方。见图 2-10-3。

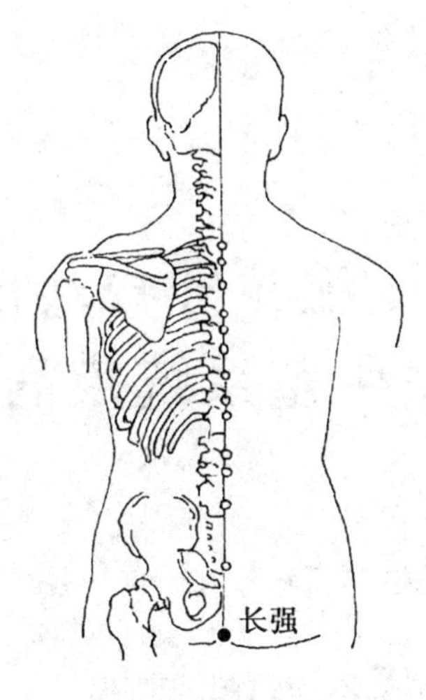

图 3-6-2

(3)*操作方法*　常规消毒后,梅花针中度叩刺,使皮肤潮红。每日1次,5次为1疗程。

三、注意事项

(1)治疗时,应对针刺工具、皮肤进行严格消毒。

(2)避免抓挠,如局部有感染,应运用抗生素抗感染。

(3)保持大便通畅,忌食辛辣刺激性食物。

四、病例

王某,男,26岁。便血半年,血色鲜红,食辛辣刺激饮食后易诱发,肛门灼热疼痛,大便外鲜红色血液,便后仍有点滴鲜红色血液。口干口苦,小便色黄,大便干燥、秘结,舌红,苔微黄腻,脉滑。肛门指检发现肛门内3点及8点2枚大小均2cm×2cm的痔核。诊断为内痔,证属湿热下注。取大肠俞、阴陵泉、二白、承山、长强、百会、三阴交梅花针中度叩刺,使皮肤潮红。每日1次,5次为1疗程。治疗3疗程,未再便血。随访1年未复发。

第四章　梅花针疗法用于泌尿生殖系统疾病

第一节　阳　　痿

阳痿是指成年男子阴茎不能勃起或勃起不坚，不能进行正常性生活的一种疾病。少数患者由器质性病变引起，如生殖器畸形、损伤及睾丸病证；大多数患者由精神、心理、神经功能、不良嗜好、慢性疾病等因素致病，如手淫、房事过度、神经衰弱、生殖腺功能不全、糖尿病、长期饮酒、过量吸烟等。大体可分为虚证阳痿及实证阳痿 2 型。

一、实证

（一）症状

阴茎虽勃起，但时间短暂，每多早泄，阴囊潮湿、有异味，下肢酸重，小便赤黄，情绪抑郁或烦躁，舌红，苔白或黄腻，脉濡数。

（二）治法

（1）选穴　次髎、三阴交、大赫、关元、肾俞、阴陵泉、太冲、太溪。

（2）定位　次髎：在骶部，当髂后上棘内下方，适对第二骶后孔处。见图 4-1-1。

三阴交：在小腿内侧，当足内踝尖上 3 寸，胫骨内侧缘后方。见图 2-10-3。

大赫：在下腹部，当脐下 4 寸，前正中线旁开 0.5 寸。见图 4-1-2。

关元：在下腹部，前正中线上，当脐下 3 寸。见图 2-8-5。

肾俞：在腰部，当第二腰椎棘突下，旁开 1.5 寸。见图 2-3-8。

阴陵泉：在小腿内侧，当胫骨内侧髁后下方凹陷处。见图 2-1-11。

太冲：在足背侧，当第一跖骨间隙的后方凹陷处。见图 2-5-2。

太溪：在足跟部，内踝尖与跟腱之间凹陷中。见图 2-2-5。

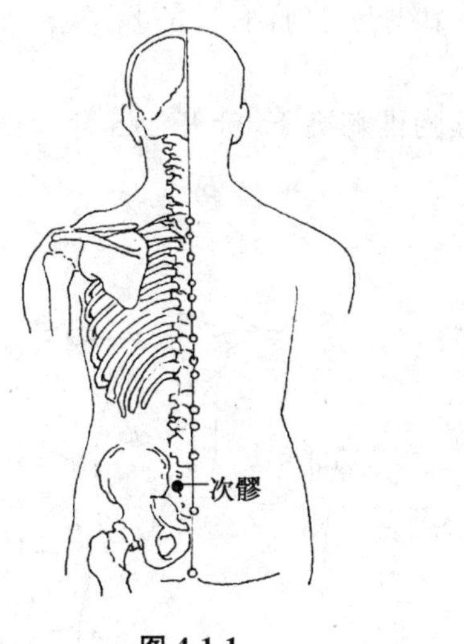

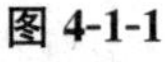
图 4-1-1

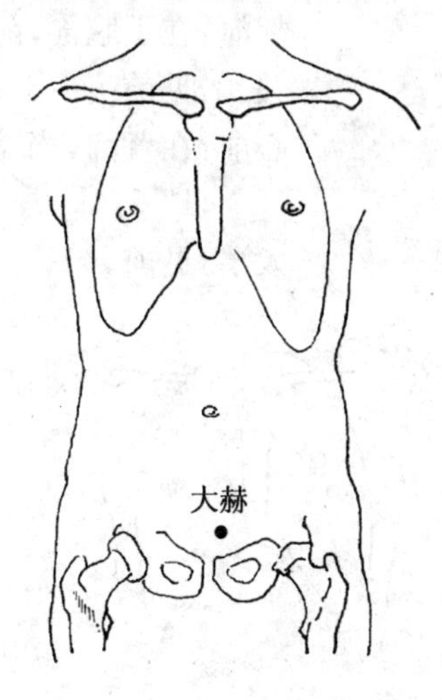

图 4-1-2

(3)操作方法　常规消毒后，梅花针中度叩刺，使皮肤潮红。每日 1 次，5 次为 1 疗程。

二、虚证

(一)症状

阴茎勃起困难，时时滑精，精薄清冷，头晕耳鸣，心跳不自主加快，自觉吸气不够，面色苍白，精神不振，腰膝酸软，畏寒肢冷，舌淡，苔薄白，脉沉细弱无力。

(二)治法

(1)选穴　中极、曲骨、肾俞、命门、气海、关元、心俞、太溪。

(2)定位　中极：在下腹部，前正中线上，当脐下 4 寸。见图 4-1-3。

曲骨：在前正中线上，耻骨联合上缘的中点处。见图

4-1-4。

肾俞：在腰部，当第二腰椎棘突下，旁开 1.5 寸。见图 2-3-8。

命门：在后正中线上，第二腰椎棘突下凹陷中。见图 2-3-3。

气海：在下腹部，前正中线上，当脐下 1.5 寸。见图 2-8-6。

关元：见前。

心俞：在背部，当第五胸椎棘突下，旁开 1.5 寸。见图 2-17-2。

太溪：见前。

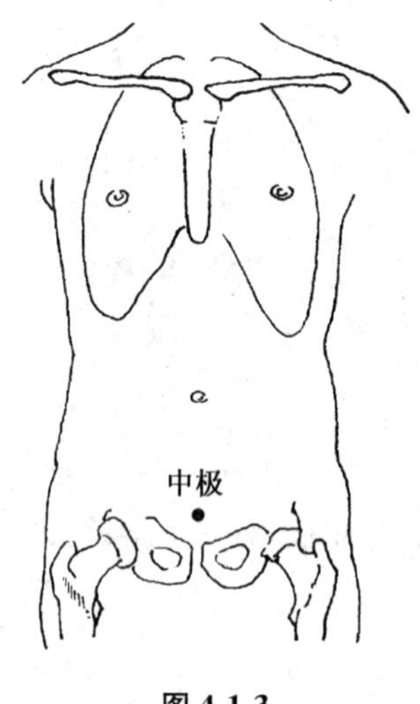

图 4-1-3

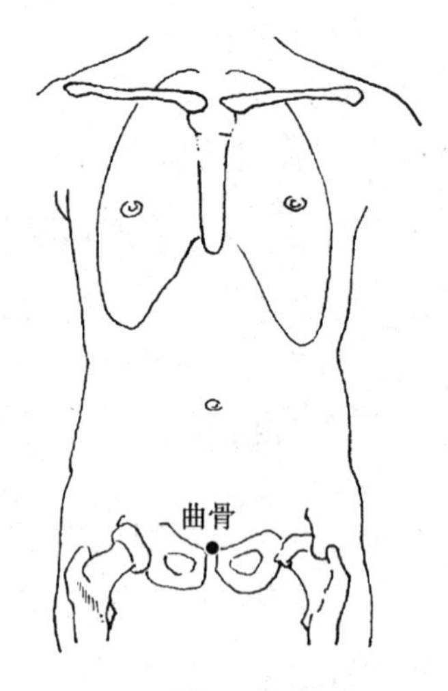

图 4-1-4

(3)操作方法　常规消毒后，梅花针中度叩刺，使皮肤潮红。每日 1 次，5 次为 1 疗程。

三、注意事项

(1)治疗时，应对针刺工具、皮肤进行严格消毒。

(2)避免抓挠，如局部有感染，应运用抗生素抗感染。

(3)治疗期间禁性生活。

(4)可予艾条温和灸关元、气海以增强疗效。

四、病例

吴某，男，32岁。因阴茎痿软不举半年来诊。患者半年来阳事不举，不能过正常性生活，伴精神疲倦，头晕目眩，腰膝酸软，畏寒肢冷，偶有遗精，舌质淡，苔白，脉沉细。诊断为阳痿，证属虚证。取中极、曲骨、肾俞、命门、气海、关元、太溪梅花针中度叩刺，使皮肤潮红。并予艾条温和灸关元、气海。每日1次，5次为1疗程。治疗期间禁性生活，治疗5疗程后，患者出现晨起阴茎能勃起。继续治疗5疗程后，患者能正常勃起，过正常性生活。

第二节　遗　　精

遗精是指无性交而精液自行外泄的一种男性疾病。有梦（睡眠时）而精液外泄者为梦遗；无梦（清醒时）而精液外泄者为滑精，无论是梦遗还是滑精都统称为遗精。在未婚男青年中80%～90%的人有遗精现象，一般一周不超过1次属正常的生理现象；如果一周数次或一日数次，并伴有精神委靡、腰酸腿软、心慌气喘，则属于病理性。本病可以大体分为梦遗和滑精2型。

一、梦遗

（一）症状

梦境纷纭，阳事易举，遗精有一夜数次，或数夜一次，或兼早泄，伴有头晕，心烦少寐，腰酸耳鸣，小便黄，舌红，苔薄少，脉细数。

（二）治法

（1）选穴　心俞、肾俞、神门、志室、关元、大赫、三阴交、腰阳关。

（2）定位　心俞：在背部，当第五胸椎棘突下，旁开1.5寸。见图2-17-2。

肾俞：在腰部，当第二腰椎棘突下，旁开1.5寸。见图2-3-8。

神门：在腕部，腕掌侧横纹尺侧端，尺侧腕屈肌肌腱的桡侧凹陷处。见图2-17-1。

志室:在腰部,当第二腰椎棘突下,旁开 3 寸。见图 2-21-3。

关元:在下腹部,前正中线上,当脐下 3 寸。见图 2-8-5。

大赫:在下腹部,当脐下 4 寸,前正中线旁开 0.5 寸。见图 4-1-2。

三阴交:在小腿内侧,当足内踝尖上 3 寸,胫骨内侧缘后方。见图 2-10-3。

腰阳关:在腰部,后正中线上,第四腰椎棘突下凹陷中。见图 2-16-1。

(3)操作方法　常规消毒后,梅花针中度叩刺,使皮肤潮红。每日 1 次,5 次为 1 疗程。

二、滑精

(一)症状

无梦而遗,甚则见色流精,滑泄频繁,腰部酸冷,面色苍白,神倦乏力,或兼阳痿,自汗,短气,舌淡,苔薄白,脉沉细弱无力。

(二)治法

(1)选穴　三阴交、委中、次髎、肾俞、命门、关元、气海、百会、足三里。

(2)定位　三阴交:见前。

委中:在腘横纹中点,当股二头肌肌腱与半腱肌肌腱的中间。见图 2-12-2。

次髎:在骶部,当髂后上棘内下方,适对第二骶后孔处。见图 4-1-1。

肾俞:见前。

命门:在后正中线上,第二腰椎棘突下凹陷中。见图 2-3-3。

关元:见前。

气海:在下腹部,前正中线上,当脐下 1.5 寸。见图 2-8-6。

百会:在头部,当前发际正中直上 5 寸,或两耳尖连线的中点处。见图 2-6-1。

足三里:在小腿前外侧,当犊鼻下 3 寸,距胫骨前缘一横指

（中指）。见图 2-1-12。

（3）操作方法　常规消毒后，梅花针中度叩刺，使皮肤潮红。每日1次，5次为1疗程。

三、注意事项

（1）治疗时，应对针刺工具、皮肤进行严格消毒。

（2）避免抓挠，如局部有感染，应运用抗生素抗感染。

（3）可予艾条温和灸关元、气海以增强疗效。

（4）治疗期间，暂停性生活。

（5）侧睡相对平卧能避免遗精。

四、病例

姚某，男，21岁。因遗精1年就诊。患者1年前开始睡梦中遗精，约每周1次，未引起重视，后发展为约每3日遗精1次，特别是天气急剧变化时容易遗精。伴精神委靡，头晕，早泄，腰膝酸软，盗汗，舌红少苔，脉沉细。诊断为梦遗，证属肝肾亏虚。取心俞、肾俞、腰阳关、关元、大赫、三阴交、志室、太溪、太冲梅花针中度叩刺，使皮肤潮红。每日1次，5次为1疗程。经治疗3疗程后症状减轻，继续治疗5疗程，约1个月遗精1次，与生理性遗精相当，随访半年并未复发。

第三节　慢性前列腺炎

慢性前列腺炎是男性泌尿和生殖系统常见病之一，多发于20～50岁的人群。慢性前列腺炎有排尿延迟、尿后滴尿或滴出白色前列腺液、遗精、早泄、阳痿等症状。一般分为湿热内蕴和脾肾亏虚2型。

一、湿热内蕴

（一）症状

小便次数增多，余沥不尽，或小便浑浊，排尿延迟，或见尿道有涩热感，口渴等，或伴有遗精、早泄、阳痿等症状，舌红，苔黄腻，脉滑数。

(二)治法

(1)选穴　太冲、次髎、委中、中极、血海、关元、行间、三阴交、阴陵泉。

(2)定位　太冲:在足背侧,当第一跖骨间隙的后方凹陷处。见图 2-5-2。

次髎:在骶部,当髂后上棘内下方,适对第二骶后孔处。见图 4-1-1。

委中:在腘横纹中点,当股二头肌肌腱与半腱肌肌腱的中间。见图 2-12-2。

中极:在下腹部,前正中线上,当脐下 4 寸。见图 4-1-3。

血海:在大腿内侧,髌底内侧端上 2 寸。见图 2-14-3。

关元:在下腹部,前正中线上,当脐下 3 寸。见图 2-8-5。

行间:在足背部,第一、第二趾间赤白肉际处。见图 2-6-4。

三阴交:在小腿内侧,当足内踝尖上 3 寸,胫骨内侧缘后方。见图 2-10-3。

阴陵泉:在小腿内侧,当胫骨内侧髁后下方凹陷处。见图 2-1-11。

(3)操作方法　常规消毒后,梅花针中度叩刺,使皮肤潮红。每日 1 次,5 次为 1 疗程。

二、脾肾亏虚

(一)症状

小便次数增多,余沥不尽,或小便浑浊,小腹坠胀,尿意不畅,面色无华,神疲乏力,劳倦或进食油腻则发作或加重,或伴有遗精、早泄、阳痿等症状,舌淡,苔薄白,脉沉细缓无力。

(二)治法

1. 方法一

(1)选穴　太冲、涌泉、次髎、关元、肾俞、水道、气海、三阴交、命门。

(2)定位　太冲:见前。

涌泉:在足底部,卷足时足前部凹陷处,约当足底第二、第三趾趾缝纹头端与足跟连线的前 1/3 与后 2/3 交点

上。见图 4-3-2。

次髎:见前。

关元:见前。

肾俞:在腰部,当第二腰椎棘突下,旁开 1.5 寸。见图 2-3-8。

水道:在下腹部,当脐中下 3 寸,旁开 2 寸。见图 4-3-1。

气海:在下腹部,前正中线上,当脐下 1.5 寸。见图 2-8-6。

三阴交:见前。

命门:在后正中线上,第二腰椎棘突下凹陷中。见图 2-3-3。

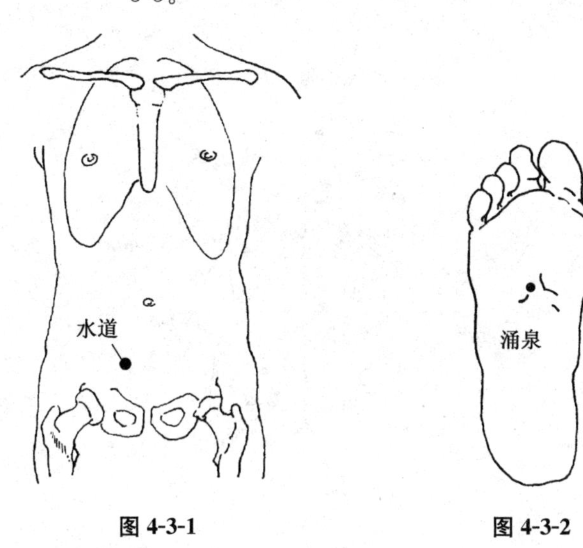

图 4-3-1　　图 4-3-2

(3)操作方法　常规消毒后,梅花针中度叩刺,使皮肤潮红。每日 1 次,5 次为 1 疗程。

2. 方法二

(1)选穴　关元、三阴交、太溪、脾俞、天枢、足三里、秩边、命门、阴陵泉。

(2)定位　关元:见前。

三阴交:见前。

太溪:在足跟部,内踝尖与跟腱之间凹陷中。见图 2-2-5。

脾俞:在背部,当第十一胸椎棘突下,旁开 1.5 寸。见图

2-3-7。

天枢:在腹中部,脐中旁开 2 寸。见图 2-8-2。

足三里:在小腿前外侧,当犊鼻下 3 寸,距胫骨前缘一横指(中指)。见图 2-1-12。

秩边:在臀部,平第四骶后孔,骶正中棘旁开 3 寸。见图 4-3-3。

命门:见前。

阴陵泉:在小腿内侧,当胫骨内侧髁后下方凹陷处。见图 2-1-11。

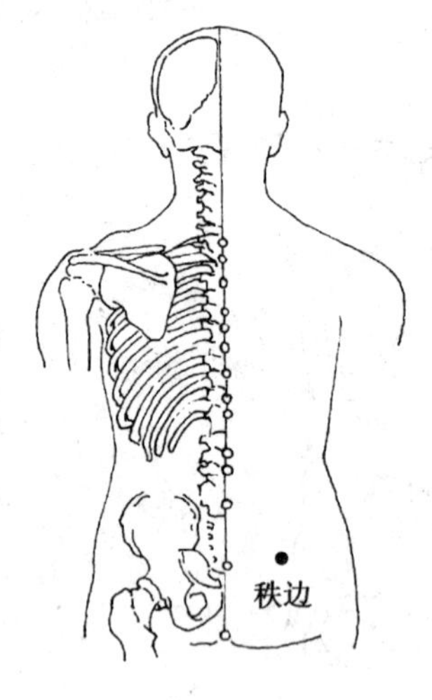

图 4-3-3

(3)操作方法　常规消毒后,梅花针中度叩刺,使皮肤潮红。每日 1 次,5 次为 1 疗程。

三、注意事项

(1)治疗时,应对针刺工具、皮肤进行严格消毒。

(2)避免抓挠,如局部有感染,应运用抗生素抗感染。

(3)本病病程较长,需要长期坚持治疗。

(4)治疗期间节制房事,忌食辛辣、生冷、油腻等食物,戒烟酒。

四、病例

蒋某，男，50 岁。因尿频、尿急加重 2 天来诊。有慢性前列腺炎病史 3 年，平素间有尿频、尿急。症见：尿频、尿急、尿痛，尿不尽，尿道有涩热感，伴有精神疲乏，腰酸腿软，舌淡红，苔微黄腻，脉滑。诊断为慢性前列腺炎，证属脾俞亏虚，兼有湿热。取太冲、涌泉、次髎、关元、三阴交、秩边、血海、行间、中极、命门梅花针中度叩刺，使皮肤潮红。每日 1 次，5 次为 1 疗程。治疗 1 疗程后，症状明显好转，继续治疗 3 疗程后，诸症悉除。为巩固疗效，坚持再治疗 3 疗程，半年未复发。

第四节　尿　潴　留

尿潴留是指膀胱内潴留大量尿液而不能排出的一种病证，属于传统医学的“癃闭”范畴。传统医学认为，小便量少，点滴而下，病势较缓者称之为“癃”；小便闭塞，点滴不通，病势较急者称之为“闭”。癃为闭之缓，闭为癃之甚，其性则一，故统称为“癃闭”。现代医学认为，本病具有发病迅速，病势较急，膀胱区有锐利疼痛和高度尿意，但不能排尿的特点。发病原因有机械性梗阻和动力性梗阻两类。前者通常因尿道及膀胱有器质性病变导致；后者由排尿功能障碍所引起。一般分为膀胱湿热、膀胱麻痹 2 型。

一、膀胱湿热

（一）症状

小便点滴不通，或量少而短赤灼热，小腹胀满，口苦口黏，或口渴不欲饮，或大便不通，舌红，苔薄黄，脉滑数。

（二）治法

（1）选穴　关元、肾俞、水道、中极、合谷、太冲、膀胱俞、三阴交、阴陵泉。

（2）定位　关元：在下腹部，前正中线上，当脐下 3 寸。见图 2-8-5。

肾俞：在腰部，当第二腰椎棘突下，旁开 1.5 寸。见图 2-3-8。

水道：在下腹部，当脐中下 3 寸，旁开 2 寸。见图 4-3-1。

中极：在下腹部，前正中线上，当脐下 4 寸。见图 4-1-3。

合谷：第一、第二掌骨间，第二掌骨桡侧中点。见图 2-1-9。

太冲：在足背侧，当第一跖骨间隙的后方凹陷处。见图 2-5-2。

膀胱俞：在骶部，平第二骶后孔，骶正中棘旁开 1.5 寸。见图 4-4-1。

三阴交：在小腿内侧，当足内踝尖上 3 寸，胫骨内侧缘后方。见图 2-10-3。

阴陵泉：在小腿内侧，当胫骨内侧髁后下方凹陷处。见图 2-1-11。

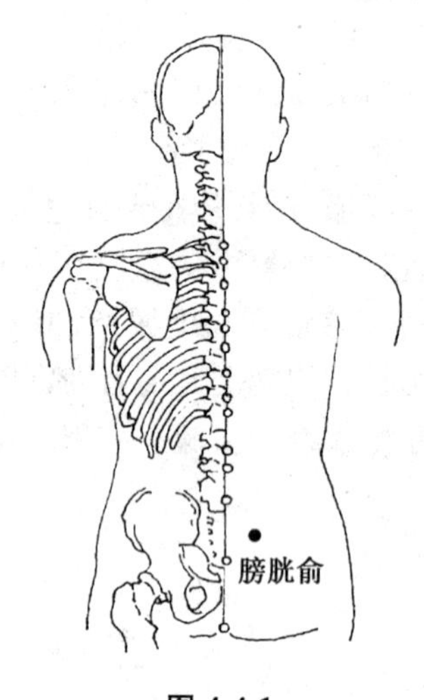

图 4-4-1

（3）操作方法　常规消毒后，梅花针中度叩刺，使皮肤潮红。每日 1 次，5 次为 1 疗程。

二、膀胱麻痹

（一）症状

小便点滴而下，或尿如细线，甚则阻塞不通，伴有小腹胀满疼痛，舌红，苔薄白，脉弦。

（二）治法

（1）选穴　太冲、涌泉、次髎、关元、肾俞、水道、气海、三阴交、命门。

（2）定位　太冲：在足背侧，当第一跖骨间隙的后方凹陷处。见图 2-5-2。

涌泉：在足底部，卷足时足前部凹陷处，约当足底第二、第三趾趾缝纹头端与足跟连线的前 1/3 与后 2/3 交点上。见图 4-3-1。

次髎：在骶部，当髂后上棘内下方，适对第二骶后孔处。见图 4-1-1。

关元：见前。

肾俞：见前。

水道：见前。

气海：在下腹部，前正中线上，当脐下 1.5 寸。见图 2-8-6。

三阴交：见前。

命门：在后正中线上，第二腰椎棘突下凹陷中。见图 2-3-3。

（3）操作方法　常规消毒后，梅花针中度叩刺，使皮肤潮红。每日 1 次，5 次为 1 疗程。

三、注意事项

（1）治疗时，应对针刺工具、皮肤进行严格消毒。

（2）避免抓挠，如局部有感染，应运用抗生素抗感染。

（3）本病病程较长，需要长期坚持治疗。

（4）治疗期间节制房事，忌食辛辣、生冷、油腻等食物，戒烟酒。

四、病例

蒋某，男，50 岁。因尿频、尿急加重 2 天来诊。有慢性前列腺炎病史 3 年，平素间有尿频、尿急。间断治疗，病情反复。症见：尿频、尿急、尿痛，尿不尽，尿道有涩热感，伴有精神疲乏，腰酸腿软，舌淡红，苔微黄腻，脉滑。诊断为慢性前列腺炎，证属脾俞亏虚，兼有湿热。取太冲、涌泉、次髎、关元、三阴交、秩边、血海、行间、中极、命门梅花针中度叩刺，使皮肤潮红。每日 1 次，5 次为 1 疗程。治疗 1 疗程后，症状明显好转，继续治疗 3 疗程后，诸症悉除。为巩固疗效，坚持再治疗 3 疗程，半年未复发。

第五章　梅花针疗法用于妇科疾病

第一节　月经不调

月经不调是指月经的周期、时间长短、颜色、经量、质地等发生异常改变的一种妇科常见疾病。临床表现为月经时间的提前或延后、量或多或少、颜色或鲜红或淡红、经质或清稀或赤稠，并伴有头晕、心跳快、心胸烦闷，容易发怒、夜晚睡眠不好、小腹胀满、腰酸腰痛、精神疲倦等症状。大多患者都由于体质虚弱、内分泌失调所致。一般分为肾虚、气滞血瘀、血热3型。

一、肾虚

(一)症状

月经周期先后无定，量少，色淡红或黯红，经质清稀。腰膝酸软，足跟痛，头晕耳鸣，或小腹自觉发冷，或夜尿较多，舌淡，苔薄白，脉沉细无力。

(二)治法

(1)选穴　关元、三阴交、肾俞、太溪、子宫、地机、秩边。

(2)定位　关元：在下腹部，前正中线上，当脐下3寸。见图2-8-5。

三阴交：在小腿内侧，当足内踝尖上3寸，胫骨内侧缘后方。见图2-10-3。

肾俞：在腰部，当第二腰椎棘突下，旁开1.5寸。见图2-3-8。

太溪：在足跟部，内踝尖与跟腱之间凹陷中。见图2-2-5。

子宫：在下腹部，前正中线旁开3寸，脐下4寸。见图5-1-1。

地机：在小腿内侧，阴陵泉下3寸。见图5-1-2。

秩边：在臀部，平第四骶后孔，骶正中棘旁开3寸。见图4-3-3。

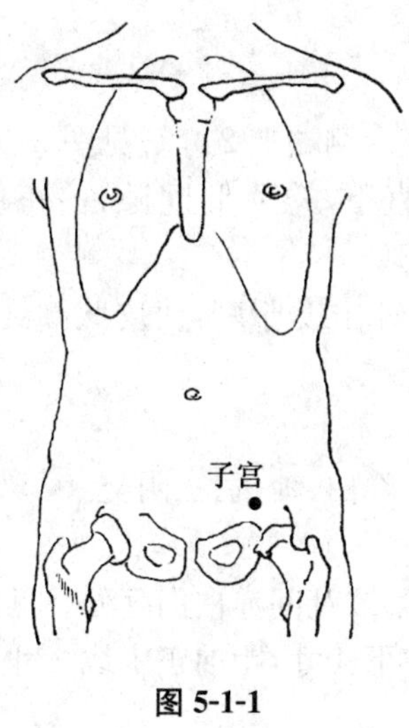

图 5-1-1

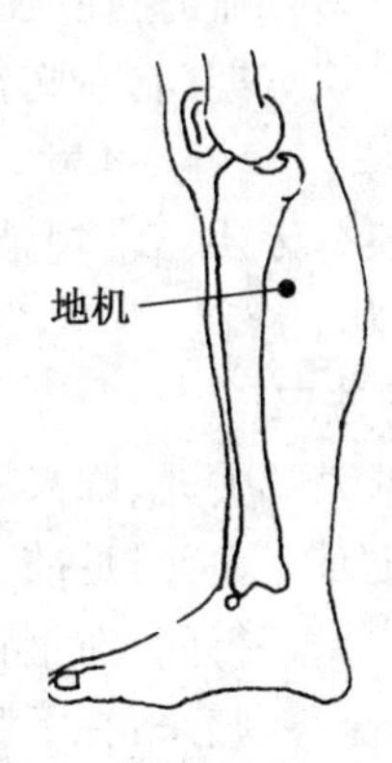

图 5-1-2

(3)操作方法 常规消毒后,梅花针中度叩刺,使皮肤潮红。每日1次,10次为1疗程。

二、气滞血瘀

(一)症状

月经或提前或延后,经量或多或少,颜色紫红,有血块,月经过程不顺利;或伴小腹疼痛,拒按;或有胁肋部、乳房、少腹等胀痛,胸部不舒服,舌暗,可见瘀点,苔白,脉弦涩。

(二)治法

1. 方法一

(1)选穴 肝俞、膈俞、三阴交、次髎、关元、血海、期门。

(2)定位 肝俞:在背部,当第九胸椎棘突下,旁开1.5寸。见图2-5-3。

膈俞:在背部,当第七胸椎棘突下,旁开1.5寸。见图2-3-5。

三阴交:见前。

次髎:在骶部,当髂后上棘内下方,适对第二骶后孔处。见

图 4-1-1。

关元:见前。

血海:在大腿内侧,髌底内侧端上 2 寸。见图 2-14-3。

期门:在胸部,当乳头直下,第六肋间隙,前正中线旁开 4 寸。见图 2-15-1。

(3)操作方法　常规消毒后,梅花针中度叩刺,使皮肤潮红。每日 1 次,10 次为 1 疗程。

2. 方法二

(1)选穴　关元、归来、行间、中封、隐白、地机、三阴交。

(2)定位　关元:见前。

行间:在足背部,第一、第二趾间赤白肉际处。见图 2-6-4。

归来:在下腹部,当脐中下 4 寸,距前正中线 2 寸。见图 5-1-3。

中封:在足背部,当足内踝前,商丘与解溪的连线之间,胫骨前肌肌腱的内侧凹陷处。见图 5-1-4。

隐白:在足大趾末节内侧,距趾甲角 0.1 寸。见图 4-1-5。

地机:见前。

三阴交:见前。

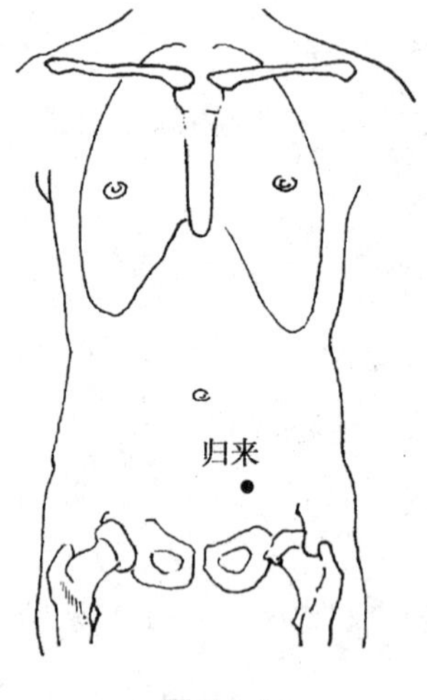

图 5-1-3

图 5-1-4

图 5-1-5

(3)操作方法　常规消毒后,梅花针中度叩刺,使皮肤潮红。每日1次,5次为1疗程。

3. 方法三

(1)选穴　上髎、次髎、中髎、关元俞、地机、气海、三阴交。

(2)定位　上髎:在骶部,当髂后上棘与后正中线之间,适对第一骶后孔处。见图5-1-6。

次髎:见前。

中髎:在骶部,当次髎下内方,适对第三骶后孔处。见图5-1-6。

关元俞:在腰部,当第五腰椎棘突下,旁开1.5寸。见图5-1-6。

地机:见前。

气海:在下腹部,前正中线上,当脐下1.5寸。见图2-8-6。

三阴交:见前。

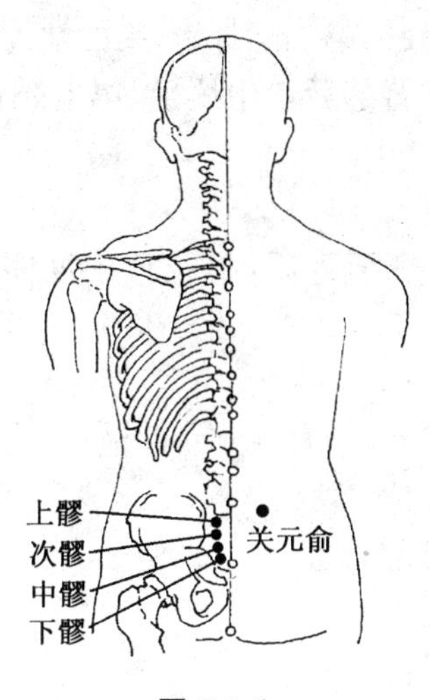

图 5-1-6

(3)操作方法　常规消毒后,梅花针中度叩刺,使皮肤潮红。每日1次,10次为1疗程。

三、血热

(一)症状

月经提前,量多,颜色深红或紫,质稠黏,有血块;伴心胸烦闷、容易发怒,面色发红,口干,小便短黄,大便秘结,舌红,苔黄,脉数。

(二)治法

1. 方法一

(1)选穴　太冲、隐白、行间、合谷、大椎、血海。

(2)定位　太冲:在足背侧,当第一跖骨间隙的后方凹陷处。见图2-5-2。

隐白:见前。

行间:见前。

合谷:第一、第二掌骨间,第二掌骨桡侧中点。见图2-1-9。

大椎:在背部后正中线上,第七颈椎棘突下凹陷中。见图2-1-1。

血海:见前。

(3)操作方法　常规消毒后,梅花针中度叩刺,使皮肤潮红。每日1次,10次为1疗程。

2. 方法二

(1)选穴　太冲、关元、子宫、隐白、曲池、三阴交、期门。

(2)定位　太冲:见前。

关元:见前。

子宫:见前。

隐白:见前。

曲池:在肘部,屈肘,肘横纹桡侧端凹陷中。见图2-1-6。

三阴交:见前。

期门:见前。

(3)操作方法　常规消毒后,梅花针中度叩刺,使皮肤潮红。每日1次,10次为1疗程。

四、注意事项

(1)治疗时,应对针刺工具、皮肤进行严格消毒。

(2)避免抓挠,如局部有感染,应运用抗生素抗感染。

(3)忌食辛辣、虾蟹、牛羊肉、浓茶、咖啡等燥热发物。

(4)有的医家认为,对于本病,经期应停止治疗,根据临床经验,梅花针疗法治疗本病,经期也适宜,安全且疗效好。

(5)本病疗程较长,需要坚持治疗。

五、病例

李某,女,23 岁。因月经紊乱 1 年来诊。患者既往月经基本正常,1 年前药流,从那以后,患者月经周期从 15 日到 35 日不等,经期约 3～4 日,经量少,色暗红有瘀块,偶有针刺样疼痛,伴小腹疼痛,舌暗有瘀点,苔白,脉弦。诊断为月经不调,证属气滞血瘀。取肝俞、膈俞、三阴交、次髎、关元、血海梅花针中度叩刺,使皮肤潮红。每日 1 次,10 次为 1 疗程。每个月治疗 2 疗程。经治疗 3 个月后,病情明显好转。再继续治疗 4 个月,每月 1 个疗程获痊愈。随访 1 年未复发。

第二节　痛　　经

痛经是指妇女月经来潮时及行经前后出现小腹胀痛和下腹剧痛等症状。痛经有原发性和继发性之分。原发性痛经是指月经初潮时就有发生,妇检时生殖器官并无器质性病变;继发性痛经是因子宫内膜移位,急、慢性盆腔炎,子宫狭窄、阻塞等生殖器官器质性病变所引起的疼痛。按病因、疼痛性质及其发生时间不同主要分为气滞血瘀、寒湿凝滞及气血虚弱 3 型。

一、气滞血瘀

(一)症状

经前或行经第一二天,小腹胀痛,拒按,甚则小腹剧痛而发生恶心、呕吐,伴胸胁作胀,或经量少,或经行不畅,经色紫黯有块,血块排出后痛减,经净疼痛消失,舌暗,可见瘀点,苔薄白,脉弦涩。

(二)治法

1. 方法一

(1)选穴　次髎、膈俞、肝俞、血海、地机、肾俞。

(2)定位　次髎:在骶部,当髂后上棘内下方,适对第二骶后孔处。见图 4-1-1。

膈俞:在背部,当第七胸椎棘突下,旁开 1.5 寸。见图 2-3-5。

肝俞:在背部,当第九胸椎棘突下,旁开 1.5 寸。见图 2-5-3。

血海:在大腿内侧,髌底内侧端上 2 寸。见图 2-14-3。

地机:在小腿内侧,阴陵泉下 3 寸。见图 5-1-2。

肾俞:在腰部,当第二腰椎棘突下,旁开 1.5 寸。见图 2-3-8。

(3)操作方法　常规消毒后,梅花针中度叩刺,使皮肤潮红。每日 1 次,10 次为 1 疗程。

2. 方法二

(1)选穴　次髎、天枢、中极、三阴交、太冲、合谷。

(2)定位　次髎:见前。

天枢:在腹中部,脐中旁开 2 寸。见图 2-8-3。

中极:在下腹部,前正中线上,当脐下 4 寸。见图 4-1-3。

三阴交:在小腿内侧,当足内踝尖上 3 寸,胫骨内侧缘后方。见图 2-10-3。

太冲:在足背侧,当第一跖骨间隙的后方凹陷处。见图 2-5-2。

漏谷:在小腿内侧,当足内踝尖上 6 寸,胫骨内侧缘后方。见图 5-2-1。

合谷:第一、第二掌骨间,第二掌骨桡侧中点。见图 2-1-9。

(3)操作方法　常规消毒后,梅花针中度叩刺,使皮肤潮红。每日 1 次,10 次为 1 疗程。

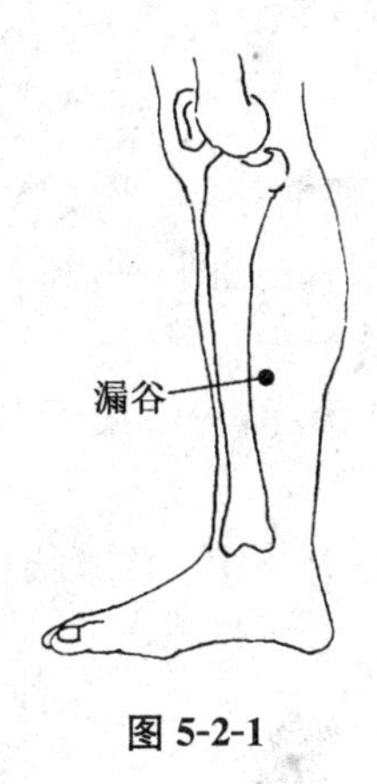

图 5-2-1

二、寒湿凝滞

（一）症状

月经前数日或经期小腹自觉冷痛，得温热则疼痛减轻，按小腹觉疼痛加重，经量少，经色黯黑或有血块，或有怕冷、身疼，舌淡紫，苔白腻。

（二）治法

1. 方法一

（1）选穴　关元、中极、三阴交、气海、阴陵泉、腰阳关。

（2）定位　关元：在下腹部，前正中线上，当脐下 3 寸。见图 2-8-5。

中极：见前。

三阴交：见前。

气海：在下腹部，前正中线上，当脐下 1.5 寸。见图 2-8-6。

阴陵泉：在小腿内侧，当胫骨内侧髁后下方凹陷处。见图 2-1-11。

腰阳关：在腰部，后正中线上，第四腰椎棘突下凹陷中。见图 2-16-1。

（3）操作方法　常规消毒后，梅花针中度叩刺，使皮肤潮红。每日 1 次，10 次为 1 疗程。

2. 方法二

（1）选穴　次髎、关元、足三里、天枢、子宫、命门。

(2)定位　次髎:见前。

关元:见前。

足三里:在小腿前外侧,当犊鼻下3寸,距胫骨前缘一横指(中指)。见图2-1-12。

天枢:见前。

子宫:在下腹部,前正中线旁开3寸,脐下4寸。见图5-1-1。

命门:在后正中线上,第二腰椎棘突下凹陷中。见图2-3-3。

(3)操作方法　常规消毒后,梅花针中度叩刺,使皮肤潮红。每日1次,10次为1疗程。

三、气血虚弱

(一)症状

经后一二日或经期小腹隐隐作痛,喜欢揉按腹部,月经量少,色淡质薄,或神疲无力,或面色差,或食少,大便清稀,舌淡,苔薄白,脉细弱。

(二)治法

(1)选穴　关元、中极、三阴交、脾俞、足三里、气海俞、肾俞。

(2)定位　关元:见前。

中极:见前。

三阴交:见前。

脾俞:在背部,当第十一胸椎棘突下,旁开1.5寸。见图2-3-7。

足三里:见前。

气海俞:在腰部,当第三腰椎棘突下,旁开1.5寸。见图5-2-2。

肾俞:见前。

(3)操作方法　常规消毒后,梅花针中度叩刺,使皮肤潮红。每日1次,10次为1疗程。

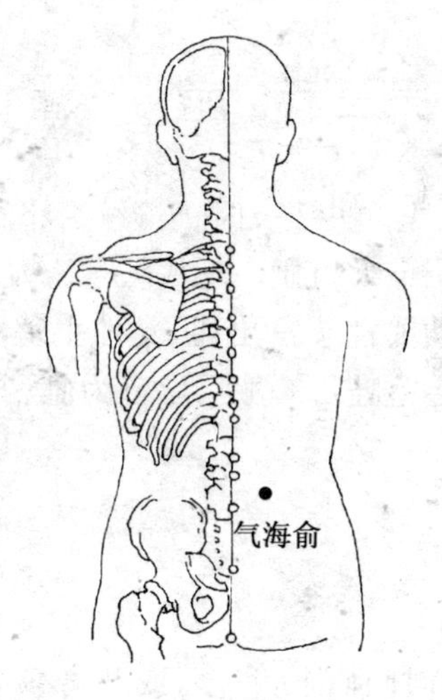

图 5-2-2

四、注意事项

(1)治疗时，应对针刺工具、皮肤进行严格消毒。

(2)避免抓挠，如局部有感染，应运用抗生素抗感染。

(3)忌食辛辣、虾蟹、牛羊肉、浓茶、咖啡等燥热发物。

(4)有的医家认为，对于本病，经期应停止治疗，根据临床经验，梅花针疗法治疗本病，经期也适宜，安全且疗效好。

(5)本病疗程较长，需要坚持治疗。

五、病例

李某，女，22 岁。患者自 15 岁月经来潮以来，偶有经期小腹疼痛，一直未医治。近半年来经期疼痛加重，经量偏少，色暗红，有瘀块，经期、周期尚正常。面色晦暗，舌暗红，有瘀点，苔薄白，脉沉涩。诊断为痛经，证属气滞血瘀。取次髎、膈俞、肝俞、血海、地机、肾俞、太冲梅花针中度叩刺，使皮肤潮红。每日 1 次，10 次为 1 疗程。每月治疗 2 疗程。治疗 3 个月后，症状明显好转，继续治疗 3 个月痊愈。

第三节　崩　　漏

崩漏是指妇女每次月经快结束时仍继续有下血症状，并且一直淋漓不断，或不在月经期内阴道大出血。现代医学认为，崩漏是多种妇科疾病所表现的共有症状，如功能性子宫出血，女性生殖器炎症、肿瘤等所引发的阴道出血，都属于崩漏范畴。一般可以分为血热、血瘀及脾虚 3 型。

一、血热

（一）症状

经血不按月经正常时间而下，量多，或淋漓不净，色深红或紫红，质地黏稠，口渴喜饮水，自觉胸中烦热，或有发热，小便黄或大便干结，舌红，苔黄腻，脉洪数或滑数。

（二）治法

（1）选穴　隐白、大敦、行间、合谷、曲池、大椎、地机。

（2）定位　隐白：在足大趾末节内侧，距趾甲角 0.1 寸。见图 5-1-5。

大敦：在足大趾末节外侧，距趾甲角 0.1 寸。见图 5-3-1。

行间：在足背部，第一、第二趾间赤白肉际处。见图 2-6-4。

合谷：第一、第二掌骨间，第二掌骨桡侧中点。见图 2-1-9。

曲池：在肘部，屈肘，肘横纹桡侧端凹陷中。见图 2-1-6。

大椎：后正中线上，第七颈椎棘突下凹陷中。见图 2-1-1。

图 5-3-1

地机：在小腿内侧，阴陵泉下3寸。见图5-1-2。

(3)操作方法　常规消毒后，梅花针中度叩刺，使皮肤潮红。每日1次，10次为1疗程。

二、血瘀

(一)症状

经血不按月经正常时间而下，一会来，一会停止，或一直淋漓不净，或很久未按时来正常月经，又突然下血，且量多，继而一直淋漓不断，色紫黯有血块，小腹有下坠，胀痛的感觉，舌紫暗，或见瘀点，苔薄白，脉涩。

(二)治法

(1)选穴　次髎、三阴交、太冲、血海、膈俞、合谷、关元。

(2)定位　次髎：在骶部，当髂后上棘内下方，适对第二骶后孔处。见图4-1-1。

三阴交：在小腿内侧，当足内踝尖上3寸，胫骨内侧缘后方。见图2-10-3。

太冲：在足背侧，当第一跖骨间隙的后方凹陷处。见图2-5-2。

血海：在大腿内侧，髌底内侧端上2寸。见图2-14-3。

膈俞：在背部，当第七胸椎棘突下，旁开1.5寸。见图2-3-5。

合谷：见前。

关元：在下腹部，前正中线上，当脐下3寸。见图2-8-5。

(3)操作方法　常规消毒后，梅花针中度叩刺，使皮肤潮红。每日1次，10次为1疗程。

三、脾虚

(一)症状

经血不按月经正常时间而下，量多之后淋漓不断，血色淡而质薄，自觉吸气不够，精神疲倦，面色苍白，或面部、肢体有浮肿，手足不温，或饮食胃口差，舌淡红，苔薄白，脉缓弱或沉弱。

(二)治法

(1)选穴　隐白、足三里、天枢、三阴交、大敦、关元、气海、足三里。

(2)定位　隐白:见前。

足三里:在小腿前外侧,当犊鼻下3寸,距胫骨前缘一横指(中指)。见图2-1-12。

天枢:在腹中部,脐中旁开2寸。见图2-8-2。

三阴交:见前。

阴陵泉:在小腿内侧,当胫骨内侧髁后下方凹陷处。见图2-1-11。

大敦:见前。

关元:见前。

气海:在下腹部,前正中线上,当脐中下1.5寸。见图2-8-6。

(3)操作方法　常规消毒后,梅花针中度叩刺,使皮肤潮红。每日1次,10次为1疗程。

四、注意事项

(1)治疗时,应对针刺工具、皮肤进行严格消毒。

(2)避免抓挠,如局部有感染,应运用抗生素抗感染。

(3)忌食辛辣、虾蟹、牛羊肉、浓茶、咖啡等燥热发物。

(4)有的医家认为,对于本病,经期应停止治疗,根据临床经验,梅花针疗法治疗本病,经期也适宜,安全且疗效好。

(5)本病疗程较长,需要坚持治疗。

五、病例

黄某,女,38岁。患者平素月经正常,经期约5天左右,最近一段时间因工作劳累,此次月经半个月一直淋漓不尽,色淡红,量少,无血块,精神疲乏,面色少华,舌淡红,有齿痕,苔白微腻,脉沉细弱。诊断为崩漏,证属脾虚。取隐白、阴陵泉、三阴交、天枢、大敦、关元、气海、足三里梅花针中度叩刺,使皮肤潮红。每日1次,10次为1疗程。共治疗1疗程,病情痊愈,未再复发。

第四节　盆　腔　炎

白带是指正常妇女阴道内流出的少量白色无味的分泌物。若在经期、排卵期或妊娠期白带增多,是妇女正常的生理现象。如果妇女阴道分泌物增多,且连绵不断,色黄、色红、带血,或黏稠如脓,或清稀如水,气味腥臭,就是带下病证。带下病患者常伴有心烦,口干,头晕,腰酸痛,小腹下坠、肿痛感,阴部瘙痒,小便少、颜色黄,全身乏力等症状。一般分为脾肾虚弱和湿毒下注 2 型。

一、寒湿内蕴

(一)症状

下腹有胀冷痛感、下坠感,受凉加重,遇暖缓解,带下增多,色白质稀,或见月经后期,量少色黯有块,头晕神疲乏力,腰骶酸痛,畏寒肢冷,或婚久不孕,舌淡,或有瘀点,苔白腻,脉沉迟。

(二)治法

(1)选穴　大椎、中极、肝俞、血海、三阴交、阴陵泉、气海、行间。

(2)定位　大椎:在背部后正中线上,第七颈椎棘突下凹陷中。见图 2-1-1。

中极:在下腹部,前正中线上,当脐下 4 寸。见图 4-1-3。

肝俞:在背部,当第九胸椎棘突下,旁开 1.5 寸。见图 2-5-3。

血海:在大腿内侧,髌底内侧端上 2 寸。见图 2-14-3。

三阴交:在小腿内侧,当足内踝尖上 3 寸,胫骨内侧缘后方。见图 2-10-3。

阴陵泉:在小腿内侧,当胫骨内侧髁后下方凹陷处。见图 2-1-11。

气海:在下腹部,前正中线上,当脐中下 1.5 寸。见图 2-8-6。

行间:在足背部,第一、第二趾间赤白肉际。趾蹼缘后方赤白肉际处。见图 2-6-4。

(3)操作方法　常规消毒后，梅花针中度叩刺，使皮肤潮红。每日1次，5次为1疗程。

二、湿热瘀阻

(一)症状

时有低热，下腹一侧或双侧胀痛、刺痛、热痛，或有胀痛感、下坠感，劳累后或经期症状加重，经期延长，或经量增多，有血块，血块流出则疼痛减少，带下增多，色黄黏稠，有气味，小便色黄，腰部酸痛，婚后不孕，舌红，苔黄腻，脉弦滑。

(二)治法

(1)选穴　中极、三阴交、肾俞、肝俞、期门、合谷、太冲、关元。

(2)定位　中极：见前。

三阴交：见前。

肾俞：在腰部，当第二腰椎棘突下，旁开1.5寸。见图2-3-8。

肝俞：见前。

期门：在胸部，当乳头直下，第六肋间隙，前正中线旁开4寸。见图2-15-1。

血海：见前。

合谷：第一、第二掌骨间，第二掌骨桡侧中点。见图2-1-9。

太冲：在足背侧，当第一跖骨间隙的后方凹陷处。见图2-5-2。

关元：在下腹部，前正中线上，当脐下3寸。见图2-8-5。

(3)操作方法　常规消毒后，梅花针中度叩刺，使皮肤潮红。每日1次，5次为1疗程。

三、注意事项

(1)治疗时，应对针刺工具、皮肤进行严格消毒。

(2)避免抓挠，如局部有感染，应运用抗生素抗感染。

(3)忌食辛辣、虾蟹、牛羊肉、浓茶、咖啡等燥热发物。

四、病例

邓某，女，24岁。因下腹部坠胀、疼痛1周余来诊。既往有慢性盆腔炎病史1年，口服药物治疗，病情间有反复。症见：下腹部隐痛，呈胀痛，下坠感，疼痛连及腰骶部，右侧下腹部有压痛，无反跳痛。白带量多，色淡黄有臭味。量增多，色暗红，有血块。口干口苦。舌质红，苔微黄腻，脉细滑。诊断为盆腔炎，证属湿热瘀阻。取大椎、中极、肝俞、阴陵泉、行间梅花针中度叩刺，使皮肤潮红。每日1次，5次为1疗程。治疗1疗程后，症状基本好转，继续治疗2疗程，诸症悉除。

第五节　产后缺乳

产后缺乳是指妇女产后乳汁分泌量少或无，不能满足婴儿的需要。现代医学认为，产后缺乳与孕前、孕期乳腺发育不良，或产妇体质虚弱，或分娩出血过多，或哺乳方法不对，或产妇过度疲劳，或产后情志失调等因素有关。一般分为气血虚弱、肝郁气滞2型。

一、气血虚弱

（一）症状

产后乳汁少甚至全无，乳汁稀薄，乳房柔软无胀感。面色无光泽，容易疲劳，饮食量少，时有不自主心跳加快，自觉吸气不够，舌淡，苔薄白，脉细弱。

（二）治法

（1）选穴　乳根、少泽、足三里、脾俞、气海、膻中、三阴交、血海。

（2）定位　乳根：在胸部，当乳头直下，乳房根部，第5肋间隙，距前正中线4寸。见图5-5-1。

少泽：在手小指末节尺侧，距指甲根角0.1寸（指寸）。见图5-5-2。

足三里：在小腿前外侧，当犊鼻下3寸，距胫骨前缘一横指（中指）。见图2-1-12。

脾俞：在背部，当第十一胸椎棘突下，旁开1.5寸。见图

2-3-7。

气海:在下腹部,前正中线上,当脐下 1.5 寸。见图 2-8-6。

膻中:前正中线上,平第四肋间。见图 2-3-4。

三阴交:在小腿内侧,当足内踝尖上 3 寸,胫骨内侧缘后方。见图 2-10-3。

血海:在大腿内侧,髌底内侧端上 2 寸。见图 2-14-3。

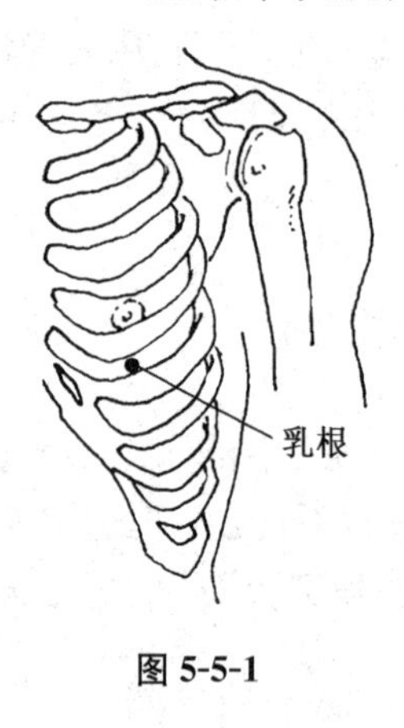

图 5-5-1

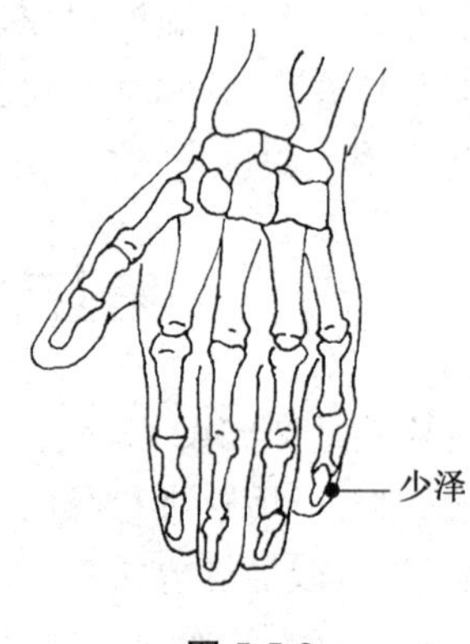

图 5-5-2

(3)操作方法　常规消毒后,梅花针中度叩刺,使皮肤潮红。每日 1 次,5 次为 1 疗程。

二、肝郁气滞

(一)症状

产后乳汁少,浓稠,或乳汁不下,乳房胀满而痛。胸胁胀满,郁闷不适,食欲不振,或身有微热,舌淡,苔薄黄,脉细弦或弦数。

(二)治法

(1)选穴　少泽、乳根、膻中、太冲、合谷、期门、内关。

(2)定位　少泽:见前。

乳根:见前。

膻中:见前。

太冲:在足背侧,当第一跖骨间隙的后方凹陷处。见图 2-5-2。

合谷：第一、第二掌骨间，第二掌骨桡侧中点。见图 2-1-9。

期门：在胸部，当乳头直下，第六肋间隙，前正中线旁开 4 寸。见图 2-15-1。

内关：在前臂掌侧，当曲泽与大陵的连线上，腕横纹上 2 寸，掌长肌腱与桡侧腕屈肌腱之间。见图 2-7-1。

(3)操作方法　常规消毒后，梅花针中度叩刺，使皮肤潮红。每日 1 次，5 次为 1 疗程。

三、注意事项

(1)治疗时，应对针刺工具、皮肤进行严格消毒。

(2)避免抓挠，如局部有感染，应运用抗生素抗感染。

(3)忌食辛辣、虾蟹、牛羊肉、浓茶、咖啡等燥热发物。

(4)注意补充营养，使生化有源。

(5)可以少泽穴麦粒灸。操作方法：在少泽穴涂上万花油，再把麦粒大小的艾柱放在上面，用线香点燃。等到患者感到疼痛，用棉签去掉艾柱。注意掌握好艾灸的程度，不要烧伤。

四、病例

刘某，女，32 岁。3 个月前产 1 子，母乳量少，稀薄。患者哺乳期不愿口服药物，遂来诊。症见：精神欠佳，面色欠红润，纳差，睡眠多梦，舌淡红，边有齿痕，苔薄白，脉沉细。诊断为产后缺乳，证属气血虚弱。取乳根、少泽、足三里、脾俞、气海、中脘、血海、三阴交梅花针中度叩刺，使皮肤潮红。每日 1 次，5 次为 1 疗程。治疗 1 疗程后，乳汁分泌明显增加，继续治疗 3 疗程，患者胃纳改善，乳汁充足。后改为艾条温和灸足三里，每日 1 次，整个哺乳阶段乳汁充足。

第六章　梅花针疗法用于皮肤科疾病

第一节　湿　　疹

湿疹是一种常见的过敏性炎症性皮肤病，好发于四肢屈侧、手、面、肛门、阴囊等处。本病常因接触过敏原而引发，如化学粉尘、丝毛织物、油漆、药物等。此外，强烈日晒、风寒、潮湿等也会引发。湿疹在临床上有急性和慢性之分。急性期可出现皮肤潮红、皮疹、水泡、脓泡，有渗出、结痂和瘙痒；慢性期可出现鳞屑、苔藓等皮损，皮疹有渗出和融合倾向。无论是急性湿疹还是慢性湿疹，常呈对称分布，且会反复发作和相互转化，一年四季皆可发病。一般分为脾虚、血风、湿热3型。

一、脾虚

（一）症状

皮肤黯淡不红，湿疹如水泡，隐在皮肤内，只有搔痒才见渗水，后期干燥脱屑；多见面色差，饮食不香，胃口差，大便次数多且质地清稀，小便不黄，或有腹胀等脾胃症状，舌淡，苔薄白腻，脉细滑。

（二）治法

（1）选穴　大椎、曲池、合谷、足三里、外关、百会、三阴交。

（2）定位　大椎：在背部后正中线上，第七颈椎棘突下凹陷中。见图2-1-1。

合谷：第一、第二掌骨间，第二掌骨桡侧中点。见图2-1-9。

曲池：在肘部，屈肘，肘横纹桡侧端凹陷中。见图2-1-6。

足三里：在小腿前外侧，当犊鼻下3寸，距胫骨前缘一横指（中指）。见图2-1-12。

外关：前臂背面，腕横纹上两寸桡骨与尺骨之间凹陷处。见图2-1-5。

百会：在头部，当前发际正中直上5寸，或两耳尖连线的中点处。见图2-6-1。

三阴交：在小腿内侧，当足内踝尖上3寸，胫骨内侧缘后方。见图2-10-3。

（3）操作方法　梅花针重叩刺，使少量渗血。每日1次，5次为1疗程。

二、血风

（一）症状

症见身起红丘疹为主，搔破出血，渗水不多，剧烈瘙痒，可见搔痕累累，尤以夜间为主，舌淡暗，苔薄白，脉浮滑。

（二）治法

1. 方法一

（1）选穴　脾俞、足三里、血海、风池、肺俞、阴陵泉、三阴交、天枢。

（2）定位　脾俞：在背部，当第十一胸椎棘突下，旁开1.5寸。见图2-3-7。

足三里：见前。

血海：在大腿内侧，髌底内侧端上2寸。见图2-14-3。

风池：在项部，当枕骨之下，与风府相平，胸锁乳突肌与斜方肌上端之间的凹陷处。见图2-1-2。

肺俞：在背部，当第三胸椎棘突下，旁开1.5寸。见图2-1-4。

阴陵泉：在小腿内侧，当胫骨内侧髁后下方凹陷处。见图2-1-11。

三阴交：见前。

天枢：在腹中部，脐中旁开2寸。见图2-8-2。

（3）操作方法　梅花针轻叩击，以微微渗血或皮肤潮红为度。每日1次，5次为1疗程。

2. 方法二

（1）选穴　皮疹周围正常皮肤1～2厘米范围。

（2）操作方法　梅花针轻叩击，以微微渗血或皮肤潮红为度。每日

1 次,5 次为 1 疗程。

三、湿热

（一）症状

发病迅速,皮肤灼热红肿,或见大片红斑,丘疹,水泡,渗水多,甚至黄水淋漓,质黏而有腥味,结疤后如松脂,可因搔痒太甚而皮肤剥脱一层,大便偏干,小便黄,舌红,苔黄腻,脉滑数。

（二）治法

1. 方法一

(1)选穴　肺俞、三阴交、风池、曲池、血海、太冲、合谷。

(2)定位　肺俞:见前。
三阴交:见前。
风池:见前。
曲池:见前。
血海:见前。
太冲:在足背侧,当第一跖骨间隙的后方凹陷处。见图 2-5-2。
合谷:见前。

(3)操作方法　梅花针轻叩击,以微微渗血或皮肤潮红为度。每日 1 次,10 次为 1 疗程。

2. 方法二

(1)选穴　大椎、合谷、风池、风门、膈俞、行间、百会、阴陵泉。

(2)定位　大椎:在背部后正中线上,第七颈椎棘突下凹陷中。见图 2-1-1。
合谷:见前。
风池:见前。
风门:在背部,当第二胸椎棘突下,旁开 1.5 寸。见图 2-1-3。
膈俞:在背部,当第七胸椎棘突下,旁开 1.5 寸。见图 2-3-5。
行间:在足背部,第一、第二趾间赤白肉际处。见图 2-6-4。

百会：见前。

阴陵泉：见前。

(3)操作方法　梅花针轻叩击，以微微渗血或皮肤潮红为度。每日1次，10次为1疗程。

四、对症治疗

湿疹患者基本上都伴有瘙痒的症状，瘙痒对患者日常生活造成很大影响。因此对瘙痒的治疗显得十分重要。方法如下：

(1)取穴　皮疹局部。

(2)操作方法　梅花针叩刺，使少量渗血。再在主要皮疹部加拔火罐，留罐1～2分钟。取罐后先用酒精棉球擦拭一遍，再用消毒干棉球稍按压，擦拭干净血液。每日1次，5次为1疗程。可辅以药物外敷，加强疗效。方药：氧化锌30克，鸡血藤30克，地肤子30克，白鲜皮30克。磨粉，取适量本品用温水调和，涂于湿疹皮疹表面，每日1次。

五、注意事项

(1)治疗时，应对针刺工具、皮肤进行严格消毒。

(2)避免抓挠，如局部有感染，应运用抗生素抗感染。

(3)忌用热水烫洗或肥皂等刺激物清洗。

(4)忌食辛辣、虾蟹、牛羊肉、浓茶、咖啡等燥热发物。

六、病例

杨某，男，23岁，学生。因考试前劳累，出现面颊部斑丘疹，瘙痒，未作特殊处理，症状加重，起病1天后就诊。双侧面颊部皮肤见斑丘疹，呈簇群分布，皮肤潮红，稍有脱屑，灼热瘙痒，有渗液，伴口渴，心烦，小便黄，舌红，苔薄黄，脉弦。诊断为湿疹，证属湿热。予皮疹周围及大椎、百会、曲池、外关、合谷、行间、三阴交梅花针叩刺至少量渗血，并在皮疹部及大椎拔罐，每日1次。治疗1次后，瘙痒即减轻。治疗3次后，患者皮疹部颜色变暗，无渗液，改用梅花针轻叩击，不再拔罐。5次后，皮疹基本消退，无瘙痒而停诊。随访后皮疹部脱屑痊愈。

第二节　荨　麻　疹

荨麻疹又称“风疹块”，是一种常见的过敏性皮肤病。临床表现为：皮肤出现红色或白色风团块，大小不一，小如芝麻，大如蚕豆，扁平凸起，时隐时现，奇痒难忍，如虫行皮中，灼热，抓搔后增大增多，融合成不规则形状。此病常可持续数小时或数十小时，消退后不留痕迹。急性发作者数小时至数天可愈，慢性患者可反复发作数月甚至数年。现代医学认为，吃鱼、虾、海鲜等食物，或接触化学物质、粉尘，或蚊虫叮咬、日光暴晒、寒风刺激，或精神紧张等诸多因素，皆可引发此病。一般分为风热、血虚2型。

一、风热

（一）症状

发病急，风团色红，灼热剧痒；兼见发热、恶寒、咽喉肿痛、心烦口渴、胸闷腹痛、恶心欲吐，舌淡红，苔薄黄，脉浮数。

（二）治法

1. 方法一

（1）选穴　大椎、肺俞、行间、外关、三阴交、风池、百会。

（2）定位　大椎：在背部后正中线上，第七颈椎棘突下凹陷中。见图2-1-1。

肺俞：在背部，当第三胸椎棘突下，旁开1.5寸。见图2-1-4。

行间：在足背部，第一、第二趾间赤白肉际处。见图2-6-4。

外关：前臂背面，腕横纹上两寸桡骨与尺骨之间凹陷处。见图2-1-5。

三阴交：在小腿内侧，当足内踝尖上3寸，胫骨内侧缘后方。见图2-10-3。

风池：在项部，当枕骨之下，与风府相平，胸锁乳突肌与斜方肌上端之间的凹陷处。见图2-1-2。

百会：在头部，当前发际正中直上5寸，或两耳尖连线的中点处。见图2-6-1。

(3)操作方法　梅花针轻叩击，以微微渗血或皮肤潮红为度。每日1次，中病即止。

2. 方法二

(1)选穴　曲池、合谷、太冲、行间、血海、三阴交、风门。

(2)定位　曲池：在肘部，屈肘，肘横纹桡侧端凹陷中。见图2-1-6。

合谷：第一、第二掌骨间，第二掌骨桡侧中点。见图2-1-9。

太冲：在足背侧，当第一跖骨间隙的后方凹陷处。见图2-5-2。

行间：见前。

血海：在大腿内侧，髌底内侧端上2寸。见图2-14-3。

三阴交：见前。

风门：在背部，当第二胸椎棘突下，旁开1.5寸。见图2-1-3。

(3)操作方法　梅花针轻叩击，以微微渗血或皮肤潮红为度。每日1次，中病即止。

二、血虚

(一)症状

皮疹反复发作，迁延日久，午后或夜间加剧，神疲乏力，不思饮食，睡眠差，口干不思饮，手足心热，舌淡，苔薄白，脉虚缓。

(二)治法

1. 方法一

(1)选穴　曲池、膈俞、血海、三阴交、太冲、太溪、阴陵泉。

(2)定位　曲池：见前。

膈俞：在背部，当第七胸椎棘突下，旁开1.5寸。见图2-3-5。

血海：见前。

三阴交：见前。

太冲：见前。

太溪：在足跟部，内踝尖与跟腱之间凹陷中。见图2-2-5。

阴陵泉：在小腿内侧，当胫骨内侧髁后下方凹陷处。见图

2-1-11。

(3)操作方法　梅花针轻叩击，以微微渗血或皮肤潮红为度。每日1次，中病即止。

2. 方法二

(1)选穴　大椎、血海、合谷、足三里、风门、膈俞。

(2)定位　大椎：见前。

血海：见前。

合谷：见前。

风门：见前。

膈俞：见前。

足三里：在小腿前外侧，当犊鼻下3寸，距胫骨前缘一横指（中指）。见图2-1-12。

(3)操作方法　梅花针轻叩击，以微微渗血或皮肤潮红为度。每日1次，中病即止。

三、注意事项

(1)治疗时，应对针刺工具、皮肤进行严格消毒。

(2)避免抓挠，如局部有感染，应运用抗生素抗感染。

(3)忌用热水烫洗或肥皂等刺激物清洗。

(4)忌食辛辣、虾蟹、牛羊肉、浓茶、咖啡等燥热发物。

(5)可在大椎拔火罐增强疗效。

四、病例

谭某，女，16岁。患者外出游玩后出现全身瘙痒，起风团，遂来就诊。症见：全身瘙痒，全身可见大量淡红色风团块，约硬币大小，微汗出，轻微发热，口渴，舌红苔微黄，脉浮数。诊断为荨麻疹，证属风热。取曲池、合谷、行间、风市、血海、三阴交、风门梅花针轻叩击，以微微渗血为度，每日1次。治疗1次后即瘙痒大减，继续治疗3次后风团消散，无瘙痒。

第三节　痤　　疮

痤疮是指人体的面部、胸部、肩颈部、背项部的局部皮肤表面出现的，形如粟米，分散独立，分布与毛孔一致的小丘疹或黑头丘疹，用力挤压，可

见有白色米粒样的汁液溢出，且此愈彼起，反复出现，又称肺风粉刺。痤疮是青春期常见的皮脂腺疾病，因青春期性腺成熟、睾丸酮分泌增加、皮脂腺代谢旺盛、排泄增多，过多的皮脂堵塞毛囊口，经细菌感染而引发炎症所致。本病也可因过食脂肪、糖类、消化不良等因素而引发。在青春期过后，约 30 岁大多可自然痊愈。一般分为肺经蕴热、胃肠湿热、瘀血阻滞 3 型。

一、肺经蕴热

（一）症状

粉刺初起，红肿疼痛，面部瘙痒，可有口干口渴，小便黄，大便干燥，舌红，苔薄黄，脉浮数。

（二）治法

1. 方法一

（1）选穴　委中、合谷、大椎、肺俞、曲池、血海。

（2）定位　委中：在腘横纹中点，当股二头肌肌腱与半腱肌肌腱的中间。见图 2-12-2。

合谷：第一、第二掌骨间，第二掌骨桡侧中点。见图 2-1-9。

大椎：在背部后正中线上，第七颈椎棘突下凹陷中。见图 2-1-1。

肺俞：在背部，当第三胸椎棘突下，旁开 1.5 寸。见图 2-1-4。

曲池：在肘部，屈肘，肘横纹桡侧端凹陷中。见图 2-1-6。

血海：在大腿内侧，髌底内侧端上 2 寸。见图 2-14-3。

（3）操作方法　梅花针轻叩击，以微微渗血或皮肤潮红为度。每日 1 次，5 次为 1 疗程。

2. 方法二

（1）选穴　大椎、曲池、合谷、风门、行间、百会、外关。

（2）定位　大椎：见前。

曲池：见前。

合谷：见前。

风门：在背部，当第二胸椎棘突下，旁开 1.5 寸。见图

2-1-3。

行间：在足背部，第一、第二趾间赤白肉际处。见图 2-6-4。

百会：在头部，当前发际正中直上 5 寸，或两耳尖连线的中点处。见图 2-6-1。

外关：前臂背面，腕横纹上 2 寸，桡骨与尺骨之间凹陷处。见图 2-1-5。

(3)操作方法　梅花针轻叩击，以微微渗血或皮肤潮红为度。每日 1 次，5 次为 1 疗程。

二、胃肠湿热

(一)症状

粉刺此起彼伏，连绵不断，可以挤出黄白色碎米粒样脂栓，或有脓液，颜面出油光亮，拌口臭口苦，食欲时好时坏，大便黏滞不爽，舌红，苔黄腻，脉滑数。

(二)治法

(1)选穴　委中、合谷、脾俞、足三里、三阴交、天枢、足临泣。

(2)定位　委中：见前。

合谷：见前。

脾俞：在背部，当第十一胸椎棘突下，旁开 1.5 寸。见图 2-3-7。

足三里：在小腿前外侧，当犊鼻下 3 寸，距胫骨前缘一横指(中指)。见图 2-1-12。

天枢：在腹中部，脐中旁开 2 寸。见图 2-8-2。

三阴交：在小腿内侧，当足内踝尖上 3 寸，胫骨内侧缘后方。见图 2-10-3。

足临泣：在足背外侧，当足 4 趾本节(第四跖趾结节)的后方，小趾伸肌腱的外侧凹陷处。见图 2-15-2。

(3)操作方法　梅花针轻叩击，以微微渗血或皮肤潮红为度。每日 1 次，5 次为 1 疗程。

三、瘀血阻滞

(一)症状

痤疮日久，粉刺、脓包都有，质地坚硬难消，触压有疼痛感，或者颜面凹凸如橘子皮，女性可有月经量少、痛经、经期痤疮加重等症状，舌暗，或见瘀点，苔薄白，脉弦涩。

(二)治法

1. 方法一

(1)选穴　大椎、肺俞、肝俞、膈俞、三阴交、太冲。

(2)定位　大椎：见前。

肺俞：见前。

肝俞：在背部，当第九胸椎棘突下，旁开 1.5 寸。见图 2-5-3。

膈俞：在背部，当第七胸椎棘突下，旁开 1.5 寸。见图 2-3-5。

三阴交：见前。

太冲：在足背侧，当第一跖骨间隙的后方凹陷处。见图 2-5-2。

(3)操作方法　梅花针轻叩击，以微微渗血或皮肤潮红为度。每日 1 次，5 次为 1 疗程。

2. 方法二

(1)选穴　心俞、肺俞、肝俞、脾俞、肾俞、血海、合谷、曲池。

(2)定位　心俞：在背部，当第五胸椎棘突下，旁开 1.5 寸处。见图 2-7-2。

肺俞：见前。

肝俞：见前。

脾俞：见前。

肾俞：在腰部，当第二腰椎棘突下，旁开 1.5 寸。见图 2-3-8。

血海：见前。

合谷：见前。

曲池：见前。

(3)操作方法　梅花针轻叩击，以微微渗血或皮肤潮红为度。每日1次，5次为1疗程。

四、注意事项

(1)治疗时，应对针刺工具、皮肤进行严格消毒。

(2)避免抓挠，如局部有感染，应运用抗生素抗感染。

(3)忌用热水烫洗或肥皂等刺激物清洗。

(4)忌食辛辣、虾蟹、牛羊肉、浓茶、咖啡等燥热发物。

五、病例

王某，女，20岁。近半年面部起粉刺，额头部为多，如绿豆大小，色红，有粉头，部分有针头大小脓点，瘙痒，根底硬，伴有口渴，急躁，小便黄，舌红，苔薄黄，脉滑数。诊断为痤疮，证属肺经蕴热。取灵台、委中、合谷、大椎、肺俞、曲池、尺泽、行间梅花针轻叩击，以微微渗血为度。每日1次，5次为1疗程。2疗程后，粉头及脓点逐渐干结脱落，继续治疗2疗程，痤疮根底部颜色变暗，而后消退。

第七章　梅花针疗法用于五官科疾病

第一节　麦　粒　肿

麦粒肿俗称“偷针眼”，是眼睑腺体受葡萄球菌感染所致的急性化脓性炎症。麦粒肿分内、外两种。睫毛毛囊周围皮脂腺的急性化脓性炎症称外麦粒肿；睑板腺的急性化脓性炎症称内麦粒肿。临床症状为：初期眼睑痛痒，睫毛毛囊根部皮肤红肿，有状如麦粒硬结，睑缘有水肿；继则红肿热痛加剧，拒按。轻者数日消散，重者化脓破溃，排脓后自愈。一般分为风热外袭、热毒上攻 2 型。

一、风热外袭

（一）症状

发病初起，眼皮患处红肿痒痛，触碰患处有硬结，有压痛，或伴怕风，发热，周身不适，头痛等，舌淡红，苔薄黄，脉浮数。

（二）治法

（1）选穴　大椎、曲池、三阴交、合谷、风池、行间、太阳。

（2）定位　大椎：在背部后正中线上，第七颈椎棘突下凹陷中。见图 2-1-1。

曲池：在肘部，屈肘，肘横纹桡侧端凹陷中。见图 2-1-6。

三阴交：在小腿内侧，当足内踝尖上 3 寸，胫骨内侧缘后方。见图 2-10-3。

合谷：第一、第二掌骨间，第二掌骨桡侧中点。见图 2-1-9。

风池：在项部，当枕骨之下，与风府相平，胸锁乳突肌与斜方肌上端之间的凹陷处。见图 2-1-2。

行间：在足背部，第一、第二趾间赤白肉际处。见图 2-6-4。

太阳：在颞部，当眉梢与目外眦之间，向后约一横指的凹陷处。见图 2-6-2。

(3)操作方法　梅花针轻叩击,以微微渗血或皮肤潮红为度。每日1次,5次为1疗程。

二、热毒上攻

(一)症状

眼睑红肿,灼热疼痛,硬结肿大,不敢触摸,外眦部的麦粒肿可引起球结膜水肿,甚至突出于睑裂之外;多伴有口渴喜饮,大便干、小便黄等,舌红,苔黄,脉数有力。

(二)治法

(1)选穴　肺俞、足三里、三阴交、大椎、太阳、公孙、血海、太冲、合谷、阴陵泉。

(2)定位　肺俞:在背部,当第三胸椎棘突下,旁开 1.5 寸。见图 2-1-4。

足三里:在小腿前外侧,当犊鼻下 3 寸,距胫骨前缘一横指(中指)。见图 2-1-12。

三阴交:见前。

大椎:见前。

太阳:见前。

公孙:在足内侧缘,当第一跖骨基底部前下方。见图 2-9-1。

血海:在大腿内侧,髌底内侧端上 2 寸。见图 2-14-3。

太冲:在足背侧,当第一跖骨间隙的后方凹陷处。见图 2-5-2。

合谷:见前。

阴陵泉:在小腿内侧,当胫骨内侧髁后下方凹陷处。见图 2-1-11。

(3)操作方法　梅花针轻叩击,以微微渗血或皮肤潮红为度。每日1次,5次为1疗程。

三、对症治疗

本病患者通常伴有目赤肿痛，可以用三棱针耳尖放血或少泽穴麦粒灸。

三棱针耳尖放血操作方法：先予酒精在耳尖常规消毒，用三棱针迅速点刺一下，接着挤压局部，使血液渗出，同时用酒精棉球擦拭出血点，防止血液凝固，放血量可达10余滴。注意不要用干棉球，因为干棉球能加速血液凝固。如果没有三棱针，也可以用注射针头代替，一般用0.5mm或0.8mm规格的注射针头。

耳尖：在耳廓的上方，当折耳向前，耳廓上方的尖端处。见图2-1-13。

麦粒灸操作方法：在少泽穴涂上万花油，再把麦粒大小的艾柱放置上面，用线香点燃。等到患者感到疼痛，用棉签去掉艾柱。注意掌握好艾灸的程度，不要烧伤。

少泽：在手小指末节尺侧，距指甲根角0.1寸(指寸)。见图5-5-2。

四、注意事项

(1)治疗时，应对针刺工具、皮肤进行严格消毒。

(2)避免抓挠，如局部有感染，应运用抗生素抗感染。

(3)忌食辛辣、虾蟹、牛羊肉、浓茶、咖啡等燥热发物。

(4)避免揉擦患眼。

五、病例

谢某，男，30岁。因右上眼睑红肿、疼痛1天来诊。症见：右上眼睑红肿、疼痛，右眼流泪，右眼上眼睑触及绿豆大小结节，右眼睑触痛，结膜轻度充血。伴有口渴，小便黄。舌红苔黄，脉滑数。诊断为麦粒肿，证属热邪上攻。取大椎、曲池、合谷、行间、三阴交、血海、阴陵泉、太阳梅花针轻叩击，以微微渗血为度。再以三棱针耳尖点刺放血，挤出10滴左右血液。每日1次，治疗1次后红肿疼痛即减轻，继续治疗3次，诸症悉除。

第二节　耳鸣、耳聋

耳鸣是听觉功能紊乱而产生的一种临床症状，患者自觉耳内有声，鸣响不断，时发时止，重者可妨碍听觉。引发耳鸣的原因有很多，常见的有药物中毒、急性传染病、噪声损伤、颅脑外伤及老年性耳聋等。耳聋是指不同程度的听力减退，轻者耳失聪敏、听声不远或闻声不真，重则听力消失。本病常因内耳迷路炎、中耳炎、耳硬化、耳内肿瘤、药物中毒、内耳震荡及老年性耳聋等引发。一般分为风热侵袭和肝胆火旺 2 型。

一、风热侵袭

（一）症状

起病较速，突发耳鸣耳聋，伴鼻塞流涕，或有头痛、耳胀闷，或有恶寒发热、身疼，舌淡红，苔薄黄，脉浮数。

（二）治法

（1）选穴　太阳、耳门、曲池、支沟、风池、翳风、外关、太溪。

（2）定位　太阳：在颞部，当眉梢与目外眦之间，向后约一横指的凹陷处。见图 2-6-2。

耳门：在面部，当耳屏上切迹的前方，下颌骨髁状突后缘，张口有凹陷处。见图 7-2-1。

曲池：在肘部，屈肘，肘横纹桡侧端凹陷中。见图 2-1-6。

支沟：手背腕横纹上 3 寸，尺骨与桡骨之间，阳池与肘尖的连线上。见图 2-13-1。

风池：在项部，当枕骨之下，与风府相平，胸锁乳突肌与斜方肌上端之间的凹陷处。见图 2-1-2。

翳风：在耳垂后方，乳突与下颌角之间凹陷处。见图 2-14-1。

外关：前臂背面，腕横纹上 2 寸，桡骨与尺骨之间凹陷处。见图 2-1-5。

太溪：在足跟部，内踝尖与跟腱之间凹陷中。见图 2-2-5。

（3）操作方法　梅花针中度叩刺，以皮肤潮红为度。每日 1 次，5 次为 1 疗程。

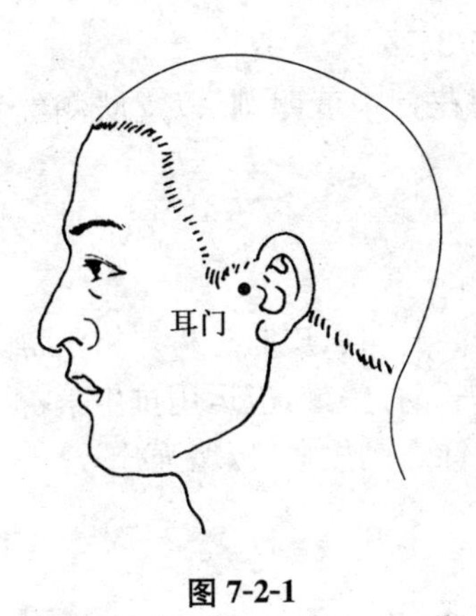

图 7-2-1

二、肝胆火旺

(一)症状

情志抑郁或恼怒之后,突发耳聋,伴偏头痛、口苦、鼻咽发干,便秘,尿黄,面红目赤,易怒,舌边红,苔黄,脉弦数。

(二)治法

(1)选穴　大椎、耳门、行间、足临泣、肝俞、胆俞、肺俞、肾俞、太冲。

(2)定位　大椎:后正中线上,第七颈椎棘突下凹陷中。见图 2-1-1。

耳门:见前。

行间:在足背部,第一、第二趾间赤白肉际处。见图 2-6-4。

足临泣:在足背外侧,当足 4 趾本节(第四跖趾结节)的后方,小趾伸肌腱的外侧凹陷处。见图 2-15-2。

肝俞:在背部,当第九胸椎棘突下,旁开 1.5 寸。见图 2-5-3。

胆俞:在背部,当第十胸椎棘突下,旁开 1.5 寸。见图 2-3-6。

肺俞:在背部,当第三胸椎棘突下,旁开 1.5 寸。见图 2-1-4。

肾俞:在腰部,当第二腰胸椎棘突下,旁开 1.5 寸。见图 2-3-8。

太冲:在足背侧,当第一跖骨间隙的后方凹陷处。见图 2-

5-2。

(3)操作方法　梅花针中度叩刺,以皮肤潮红为度。每日1次,5次为1疗程。

三、注意事项

(1)治疗时,应对针刺工具、皮肤进行严格消毒。

(2)避免抓挠,如局部有感染,应运用抗生素抗感染。

(3)可予耳尖三棱针点刺放血,以增强疗效。

四、病例

赵某,女,24岁。3天前晨起出现右侧耳鸣,如蜜蜂嗡嗡声,当时未予重视,后一直未缓解,遂就诊。症见:右侧耳鸣嗡嗡作响,右耳发热感,无疼痛,口渴,舌暗红、苔黄偏干,脉滑数。诊断为耳鸣,证属风热侵袭。取太阳、耳门、曲池、支沟、风池、翳风、外关、行间、血海、太溪梅花针中度叩刺,以皮肤潮红为度。再用三棱针于耳尖点刺放血,挤出约5滴血液。每日1次。初次治疗后即刻耳鸣减轻,继续治疗4次痊愈。

第三节　鼻　出　血

鼻出血可由外伤引起,也可由鼻病引起,如鼻中隔弯曲、鼻窦炎、肿瘤等,有些全身疾病也是诱因,如高热、高血压等;妇女内分泌失调,在经期鼻易出血,称为“倒经”;天气干燥、气温高也可引起鼻出血。临床鼻出血多见于一侧,少的仅在鼻涕中带有血丝,多的则从一侧鼻孔流出鲜血,甚至从口中和另一侧鼻孔同时流出鲜血。鼻出血易引起患者紧张,但越紧张,出血越严重。一般分为肺热和胃热2型。

一、肺热

(一)症状

鼻出血点滴渗出,血色鲜红,伴有鼻塞、口鼻干燥、咳嗽,或有发热,舌红,苔薄黄,脉浮数。

（二）治法

（1）选穴　大椎、合谷、曲池、孔最、风门、风池、迎香、印堂。

（2）定位　大椎：在背部后正中线上，第七颈椎棘突下凹陷中。见图2-1-1。

合谷：第一、第二掌骨间，第二掌骨桡侧中点。见图2-1-9。

曲池：在肘部，屈肘，肘横纹桡侧端凹陷中。见图2-1-6。

孔最：在前臂掌侧，太渊与尺泽之间，太渊上7寸。（太渊：在掌侧腕横纹上，当桡动脉搏动处；尺泽：在肘横纹上，肱二头肌长头腱桡侧凹陷中。）见图2-2-3。

风门：在背部，当第二胸椎棘突下，旁开1.5寸。见图2-1-3。

风池：在项部，当枕骨之下，与风府相平，胸锁乳突肌与斜方肌上端之间的凹陷处。见图2-1-2。

迎香：在鼻翼外缘中点旁，当鼻唇沟中。见图7-3-1。

印堂：在前额部，当两眉头间连线与前正中线之交点处。见图2-5-1。

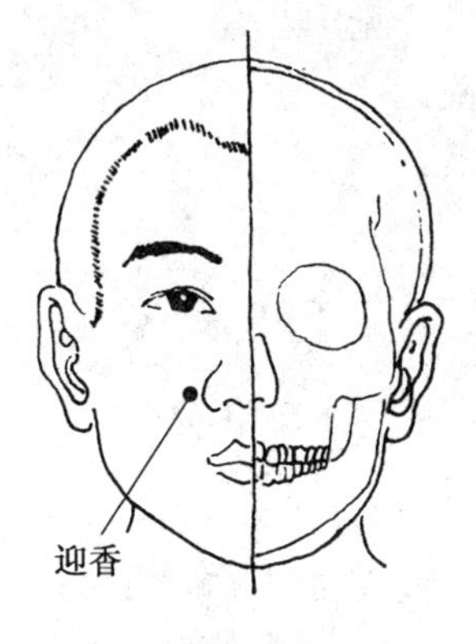

图7-3-1

（3）操作方法　梅花针中度叩刺，以皮肤潮红为度。每日1次，中病即止。

二、胃热

(一)症状

鼻中出血量多,血色深红,身热烦躁,口渴口臭,牙齿出血,大便秘结,舌红,苔黄,脉数有力。

(二)治法

(1)选穴　委中、行间、合谷、内庭、大椎、三阴交、迎香、印堂。

(2)定位　委中:在腘横纹中点,当股二头肌肌腱与半腱肌肌腱的中间。见图 2-12-2。

行间:在足背部,第一、第二趾间赤白肉际处。见图 2-6-4。

合谷:见前。

内庭:在足部,当第二、第三趾蹼缘赤白肉际处。见图 7-3-2。

大椎:见前。

三阴交:在小腿内侧,当足内踝尖上 3 寸,胫骨内侧缘后方。见图 2-10-3。

迎香:见前。

印堂:见前。

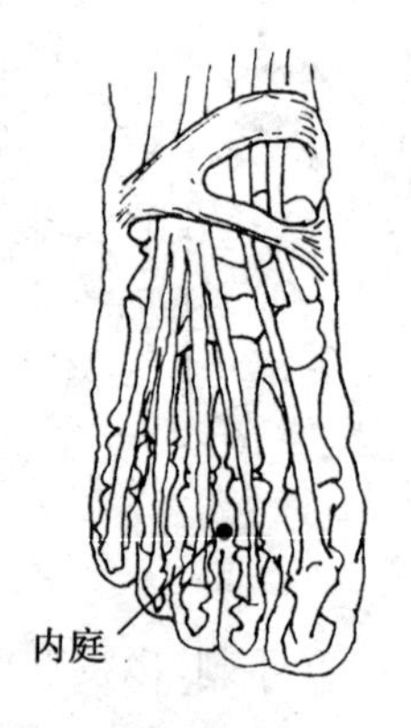

图 7-3-2

(3)操作方法　梅花针中度叩刺,以皮肤潮红为度。每日 1 次,中病即止。

三、注意事项

(1)治疗时,应对针刺工具、皮肤进行严格消毒。

(2)避免抓挠,如局部有感染,应运用抗生素抗感染。

(3)可予耳尖三棱针点刺放血或大椎拔火罐增强疗效。

(4)忌食辛辣、虾蟹、牛羊肉、浓茶、咖啡等燥热发物,忌烟酒。

四、病例

周某,男,64岁。患者2天前无明显诱因下鼻出血,自行用纸巾填塞鼻孔后,能止血。现再次鼻出血,自行用纸巾填塞鼻孔后就诊。症见:鼻出血暂时止住,面色红,口燥咽干,小便黄,偶有游走性皮肤瘙痒,舌红,苔黄,脉滑。诊断为鼻出血,证属肺热。取大椎、曲池、孔最、风门、通天、合谷、行间、印堂梅花针中度叩刺,以皮肤潮红为度。然后耳尖三棱针点刺放血,挤出5滴血液。每日1次。治疗1次后即未再出血,后停耳尖放血,单纯梅花针叩刺,继续治疗3次,一直未再复发。

第四节　慢性鼻炎

慢性鼻炎是指鼻腔黏膜及黏膜下层的慢性炎症。慢性鼻炎主要是因急性鼻炎反复发作或失治而造成。此外,慢性扁桃体炎、鼻中隔弯曲、鼻窦炎及邻近组织病灶的反复感染,有害气体、粉尘、花粉等长期刺激,皆可引发本病。主要症状有:突发型鼻痒、连续喷嚏、鼻塞流涕、分泌物增多、嗅觉减退、咽喉干燥、伴有头痛、头晕等。一般分为风邪犯肺和胆经热盛2型。

一、风邪犯肺

(一)症状

多见于发病初期或长期鼻炎因外感而急性发作,鼻塞,涕多白黏清稀或微黄,伴头痛、咳嗽、咳痰,喷嚏不断、鼻痒,舌淡,苔薄白,脉浮缓。

(二)治法

(1)选穴　肺俞、风池、风门、印堂、大椎、迎香、合谷。

(2)定位　肺俞:在背部,当第三胸椎棘突下,旁开1.5寸。见图2-1-4。

风池:在项部,当枕骨之下,与风府相平,胸锁乳突肌与斜方肌上端之间的凹陷处。见图2-1-2。

风门:在背部,当第二胸椎棘突下,旁开1.5寸。见图2-1-3。

印堂:在前额部,当两眉头间连线与前正中线之交点处。见图2-5-1。

大椎:在背部后正中线上,第七颈椎棘突下凹陷中。见图2-1-1。

迎香:在鼻翼外缘中点旁,当鼻唇沟中。见图7-3-1。

合谷:第一、第二掌骨间,第二掌骨桡侧中点。见图2-1-9。

(3)操作方法　梅花针中度叩刺,以皮肤潮红为度。每日1次,10次为1疗程。

二、胆经热盛

(一)症状

鼻塞头痛,鼻涕色黄,黏稠如脓样,量多,有臭味,伴身热,口渴,大便干燥,舌边红,苔黄,脉弦数。

(二)治法

(1)选穴　胆俞、肺俞、阳陵泉、大椎、印堂、太冲。

(2)定位　胆俞:在背部,当第十胸椎棘突下,旁开1.5寸。见图2-3-6。

肺俞:见前。

阳陵泉:在小腿外侧,当腓骨头前下方凹陷处。见图2-6-5。

大椎:见前。

印堂:见前。

太冲:在足背侧,当第一跖骨间隙的后方凹陷处。见图2-5-2。

(3)操作方法　梅花针中度叩刺,以皮肤潮红为度。每日1次,10次

为1疗程。

三、注意事项

(1)治疗时,应对针刺工具、皮肤进行严格消毒。

(2)避免抓挠,如局部有感染,应运用抗生素抗感染。

(3)忌食辛辣、虾蟹、牛羊肉、浓茶、咖啡等燥热发物。

(4)加强体育锻炼,增强体质。

四、病例

张某,女,26岁。有慢性鼻炎病史3年,曾多方医治,疗效不满意。患者长期鼻塞流白色黏稠鼻涕,鼻痒,偶有头胀痛,舌红苔黄腻,脉滑。诊断为慢性鼻炎,证属风热犯肺。取肺俞、风池、风门、印堂、大椎、迎香、合谷梅花针中度叩刺,以皮肤潮红为度。每日1次,10次为1疗程。经治疗1疗程后,鼻塞明显好转,继续治疗2疗程,诸症悉除。为巩固疗程,再治疗2疗程,后未复发。

第五节　过敏性鼻炎

过敏性鼻炎又称变态反应性鼻炎,是身体对某些过敏原的敏感性异常增高而出现的一种以鼻黏膜病变为主要特征的异常反应。现代医学认为,本病与过敏变态反应体质、精神失调、内分泌失调等因素有关,常因气温变化、化学气体、刺激性气味、烟尘花粉、药物反应等引发。临床特征有鼻黏膜潮湿、水肿、鼻炎、鼻塞、流涕、喷嚏、咳嗽、嗅觉减退等。一般分为风寒外袭和脾肾亏虚2型。

一、风寒外袭

(一)症状

鼻痒,喷嚏频频,鼻涕连续不断,质清稀,嗅觉减退,伴有头晕乏力,怕寒,口淡,多在天气变化或感冒时候症状加重,舌淡红,苔薄白,脉浮紧。

(二)治法

(1)选穴　大椎、肺俞、风门、迎香、印堂、外关、合谷、百会。

(2)定位　大椎:在背部后正中线上,第七颈椎棘突下凹陷中。见图2-1-1。

肺俞:在背部,当第三胸椎棘突下,旁开1.5寸。见图2-1-4。

风门:在背部,当第二胸椎棘突下,旁开1.5寸。见图2-1-3。

迎香:在鼻翼外缘中点旁,当鼻唇沟中。见图7-3-1。

印堂:在前额部,当两眉头间连线与前正中线之交点处。见图2-5-1。

外关:前臂背面,腕横纹上两寸,桡骨与尺骨之间凹陷处。见图2-1-5。

合谷:第一、第二掌骨间,第二掌骨桡侧中点。见图2-1-9。

百会:在头部,当前发际正中直上5寸,或两耳尖连线的中点处。见图2-6-1。

(3)操作方法　梅花针中度叩刺,以皮肤潮红为度。每日1次,10次为1疗程。

二、脾肾亏虚

(一)症状

症状反复发作,时好时坏,缠绵不愈,见鼻痒、鼻流涕,伴有食欲不振,腰膝酸软,潮热盗汗,舌淡胖,苔白,脉沉细弱。

(二)治法

(1)选穴　脾俞、肺俞、足三里、三阴交、关元、肾俞、天枢、迎香、印堂。

(2)定位　脾俞:在背部,当第十一胸椎棘突下,旁开1.5寸。见图2-3-7。

肺俞:见前。

足三里:在小腿前外侧,当犊鼻下3寸,距胫骨前缘一横指(中指)。见图2-1-12。

三阴交:在小腿内侧,当足内踝尖上3寸,胫骨内侧缘后方。见图2-10-3。

关元:在下腹部,前正中线上,当脐下3寸。见图2-8-5。

肾俞：在腰部，当第二腰椎棘突下，旁开 1.5 寸。见图 2-3-8。

天枢：在腹中部，脐中旁开 2 寸。见图 2-8-2。

迎香：见前。

印堂：见前。

(3)操作方法　梅花针中度叩刺，以皮肤潮红为度。每日 1 次，10 次为 1 疗程。

三、注意事项

(1)治疗时，应对针刺工具、皮肤进行严格消毒。

(2)避免抓挠，如局部有感染，应运用抗生素抗感染。

(3)忌食辛辣、虾蟹、牛羊肉、浓茶、咖啡等燥热发物。

(4)加强体育锻炼，增强体质。

(5)可用艾条温和灸足三里以增强疗效。

四、病例

郑某，男，28 岁，教师。鼻塞流涕 2 年余，伴有鼻痒、打喷嚏，晨起遇冷空气刺激及天气变化时症状加重，余无不适。舌淡红，苔白微腻，脉沉。诊断为过敏性鼻炎，证属风寒外袭。取大椎、肺俞、风门、迎香、印堂、外关、百会、合谷梅花针中度叩刺，以皮肤潮红为度。并予艾条温和灸足三里，每日 1 次，10 次为 1 疗程。经治疗 1 疗程后症状明显好转，继续治疗 2 疗程诸症悉除，后未复发。

第六节　慢性咽炎

慢性咽炎是指咽部黏膜、淋巴组织及黏液腺的弥漫性炎症。本病常反复发作，经久不愈，主要是急性咽炎治后病邪未完全清除，迁延而成；此外，上呼吸道感染、用嗓过度(唱歌、说话)、长期吸烟饮酒等也可导致慢性咽炎。临床症状有咽部发干、发痒、灼热、疼痛、有异物感、吞咽不适、声音嘶哑或失音等，重症者伴有咳嗽、咳痰，晨起较甚。一般分为肺胃有热和肺肾亏虚 2 型。

一、肺胃有热

(一)症状

咽喉红肿疼痛,咽干咽痒,声音嘶哑,可伴有发热头痛,烦渴,口臭,咳痰黄稠,腹胀便秘,小便黄赤,舌红,苔黄,脉数。

(二)治法

(1)选穴　少商、大椎、列缺、合谷、曲池、肺俞、内庭、太冲。

(2)定位　少商:在手拇指末节桡侧,距指甲角0.1寸处。见图7-1-8。

大椎:在背部后正中线上,第七颈椎棘突下凹陷中。见图2-1-1。

合谷:第一、第二掌骨间,第二掌骨桡侧中点。见图2-1-9。

列缺:在前臂桡侧,桡骨茎突上方,腕横纹上1.5寸。见图2-1-7。

曲池:在肘部,屈肘,肘横纹桡侧端凹陷中。见图2-1-6。

肺俞:在背部,当第三胸椎棘突下,旁开1.5寸。见图2-1-4。

内庭:在足部,当第二、第三趾蹼缘赤白肉际处。见图7-3-2。

太冲:在足背侧,当第一跖骨间隙的后方凹陷处。见图2-5-2。

(3)操作方法　梅花针中度叩刺,以皮肤潮红为度。每日1次,5次为1疗程。

二、肺肾亏虚

(一)症状

咽喉稍见红肿,咽干咽痒,色暗红,疼痛较轻,伴口干舌燥,手足心发热,入夜症状加重,或有烦躁失眠,耳鸣,舌红,苔少,脉细数。

(二)治法

(1)选穴　肺俞、肾俞、少商、照海、列缺、太溪、尺泽、三阴交。

(2)定位　肺俞:见前。

肾俞:在腰部,当第二腰椎棘突下,旁开 1.5 寸。见图 2-3-8。

少商:见前。

照海:足踝部,内踝尖下方凹陷中。见图 2-2-4。

列缺:见前。

太溪:在足跟部,内踝尖与跟腱之间凹陷中。见图 2-2-5。

尺泽:在肘横纹中,肱二头肌肌腱桡侧凹陷处。见图 2-1-10。

三阴交:在小腿内侧,当足内踝尖上 3 寸,胫骨内侧缘后方。见图 2-10-3。

(3)操作方法　梅花针中度叩刺,以皮肤潮红为度。每日 1 次,5 次为 1 疗程。

三、注意事项

(1)治疗时,应对针刺工具、皮肤进行严格消毒。

(2)避免抓挠,如局部有感染,应运用抗生素抗感染。

(3)忌食辛辣、虾蟹、牛羊肉、浓茶、咖啡等燥热发物。

四、病例

王某,男,38 岁。有慢性咽炎病史 3 年,反复发作,咽部干燥不适,有异物感,伴咳嗽,见咽部充血,咽后壁淋巴滤泡增生,口干,手心发热,易汗出,小便黄,舌红苔微黄腻,脉弦。诊断为慢性咽炎,证属肺肾亏虚。取少商、大椎、列缺、合谷、曲池、肺俞、尺泽、太溪、三阴交梅花针中度叩刺,以皮肤潮红为度。每日 1 次,5 次为 1 疗程。治疗 2 疗程后,诸症基本消失。继续治疗 2 疗程病愈。随访 1 年未复发。

第八章　梅花针疗法用于小儿科疾病

第一节　小儿腹泻

小儿腹泻是由外感邪气或者内伤于乳食而造成的一种胃肠道疾病，此症以婴幼儿夏秋季发病居多。现代医学儿科中的消化不良，急慢性肠炎属此类范围。临床表现为小儿大便次数增多，粪质稀薄，或拉出粪便夹有未消化的食物残渣，或粪质如水样。一般分为外感风寒，饮食不节、脾胃有热和脾肾亏虚 3 型。

一、外感风寒

（一）症状

患儿大便次数增多，大便夹有较多泡沫，伴有恶寒发热，鼻塞流涕，口不渴，舌淡红，舌苔白，食指侧（靠近大拇指方向）的皮肤可见血管纹色红。

（二）治法

（1）选穴　中脘、天枢、足三里、大椎、外关、合谷、气海、大横。

（2）定位　中脘：在上腹部，前正中线上，当脐中上 4 寸。见图 2-7-4。

天枢：在腹中部，脐中旁开 2 寸。见图 2-8-3。

足三里：在小腿前外侧，当犊鼻下 3 寸，距胫骨前缘一横指（中指）。见图 2-1-12。

大椎：在背部后正中线上，第七颈椎棘突下凹陷中。见图 2-1-1。

外关：前臂背面，腕横纹上两寸，桡骨与尺骨之间凹陷处。见图 2-1-5。

合谷：第一、第二掌骨间，第二掌骨桡侧中点。见图 2-1-9。

气海：在下腹部，前正中线上，当脐下 1.5 寸。见图 2-8-6。

大横：在腹中部，脐中旁开 4 寸。见图 8-1-1。

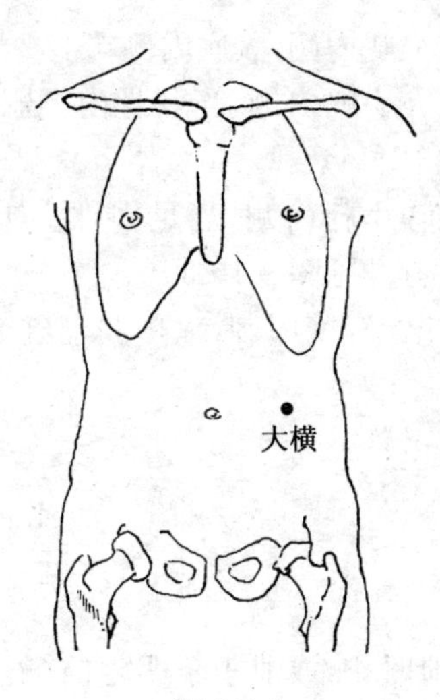

图 8-1-1

(3)操作方法　梅花针轻度叩刺，以皮肤潮红为度。每日 1 次，中病即止。

二、饮食不节、脾胃有热

(一)症状

患儿大便次数增多，大便如蛋花样，或呈黄绿色粪便，伴有恶臭，呕吐口渴，舌红苔黄，食指侧(靠近大拇指方向)的皮肤可见血管纹色紫。

(二)治法

(1)选穴　足三里、脾俞、胃俞、天枢、公孙、血海、阴陵泉、三阴交。

(2)定位　足三里：见前。

脾俞：在背部，当第十一胸椎棘突下，旁开 1.5 寸。见图 2-3-7。

胃俞：在背部，当第十二胸椎棘突下，旁开 1.5 寸处。见图 2-8-1。

天枢：见前。

公孙：在足内侧缘，当第一跖骨基底部前下方。见图 2-9-1。

血海:在大腿内侧,髌底内侧端上 2 寸。见图 2-14-3。

阴陵泉:在小腿内侧,当胫骨内侧髁后下方凹陷处。见图 2-1-11。

三阴交:在小腿内侧,当足内踝尖上 3 寸,胫骨内侧缘后方。见图 2-10-3。

(3)操作方法　梅花针轻度叩刺,以皮肤潮红为度。每日 1 次,中病即止。

三、脾肾亏虚

(一)症状

大便次数增多,时泄时止,或泄于黎明之前(五更之时),便溏或便中夹有不消化食物,腹隐痛或腹胀,体瘦乏力,怕寒,四肢冷,面色淡白或萎黄,舌淡胖,舌边有齿痕,苔薄白。

(二)治法

(1)选穴　关元、气海、肾俞、脾俞、足三里、天枢、太溪、阴陵泉。

(2)定位　关元:在下腹部,前正中线上,当脐下 3 寸。见图 2-8-5。

气海:见前。

肾俞:在腰部,当第二腰椎棘突下,旁开 1.5 寸。见图 2-3-8。

脾俞:见前。

足三里:见前。

天枢:见前。

太溪:在足跟部,内踝尖与跟腱之间凹陷中。见图 2-2-5。

阴陵泉:见前。

(3)操作方法　梅花针轻度叩刺,以皮肤潮红为度。每日 1 次,中病即止。

四、注意事项

(1)治疗时,应对针刺工具、皮肤进行严格消毒。

(2)避免抓挠,如局部有感染,应运用抗生素抗感染。

(3)忌食辛辣、虾蟹、牛羊肉、浓茶、咖啡等燥热发物。

(4)可配合小儿推拿手法“推上七节骨”。操作如下:在第二腰椎至尾骨间,医者以右手食指指面自尾骨向上直推200～300次。

(5)可予艾条温和灸神阙穴以增强疗效。

(6)小儿怕痛怕针,手法需要轻巧,但同时要达到刺激量,使皮肤潮红。

五、病例

陈某,男,5岁。腹泻一日,泻下五六次稀水样便,腥臭味,伴有发热,体温37.5℃,腹痛,舌红苔微黄腻,脉滑数。诊断为小儿腹泻,证属脾胃有热。取中脘、天枢、足三里、大椎、曲池、合谷、阴陵泉梅花针轻度叩刺,以皮肤潮红为度。并配合小儿推拿手法“推上七节骨”。每日1次,经治疗2次后,腹泻止。停小儿推拿手法,单纯梅花针叩刺,继续治疗4次病愈。

第二节　小儿遗尿

遗尿,俗称“尿床”,是指3岁以上的小儿睡眠中小便自遗、醒后才知的一种病证。3岁以下的小儿大脑未发育完成,正常的排尿习惯尚未养成,尿床不属病态,而年长小儿因贪玩、过度疲劳、睡前多饮等偶然尿床者不属病态。现代医学认为,本病因大脑皮层、皮层下中枢功能失调而引起。一般分为先天不足、肺脾亏虚和下部湿热2型。

一、先天不足、肺脾亏虚

(一)症状

面色淡白,精神差,反应迟钝,白天小便也多,疲劳后尿床加重,重者四肢寒冷,腰腿无力,大便质稀,舌淡,苔薄白。

(二)治法

(1)选穴　关元、气海、肾俞、肺俞、命门、脾俞、膏肓。

(2)定位　关元:在下腹部,前正中线上,当脐下3寸。见图2-8-5。

气海:在下腹部,前正中线上,当脐下1.5寸。见图2-8-6。

肾俞:在腰部,当第二腰椎棘突下,旁开1.5寸。见图

2-3-8。

肺俞:在背部,当第三胸椎棘突下,旁开 1.5 寸。见图 2-1-4。

命门:在后正中线上,第二腰椎棘突下凹陷中。见图 2-3-3。

脾俞:在背部,当第十一胸椎棘突下,旁开 1.5 寸。见图 2-3-7。

膏肓:在背部,当第三胸椎棘突下,旁开 3 寸。见图 2-3-2。

足三里:在小腿前外侧,当犊鼻下 3 寸,距胫骨前缘一横指(中指)。见图 2-1-12。

(3)操作方法　梅花针轻度叩刺,以皮肤潮红为度。每日 1 次,10 次为 1 疗程。

二、下部湿热

(一)症状

尿频量少,色黄味臭,外阴瘙痒,烦躁易怒,面唇红赤,口干,舌红,苔黄厚腻。

(二)治法

(1)选穴　大椎、肾俞、大肠俞、阴陵泉、三阴交、中极、太冲、关元。

(2)定位　大椎:在背部后正中线上,第七颈椎棘突下凹陷中。见图 2-1-1。

肾俞:见前。

大肠俞:在腰部,当第四腰椎棘突下,旁开 1.5 寸。见图 2-10-1。

阴陵泉:在小腿内侧,当胫骨内侧髁后下方凹陷处。见图 2-1-11。

三阴交:在小腿内侧,当足内踝尖上 3 寸,胫骨内侧缘后方。见图 2-10-3。

中极:在下腹部,前正中线上,当脐下 4 寸。见图 4-1-3。

太冲:在足背侧,当第一跖骨间隙的后方凹陷处。见图 2-5-2。

关元：见前。

(3)操作方法　梅花针轻度叩刺，以皮肤潮红为度。每日1次，10次为1疗程。

三、注意事项

(1)治疗时，应对针刺工具、皮肤进行严格消毒。

(2)避免抓挠，如局部有感染，应运用抗生素抗感染。

(3)小儿怕痛怕针，手法需要轻巧，但同时要达到刺激量，使皮肤潮红。

四、病例

罗某，男，6岁。患儿自小体弱多病，长期夜睡遗尿，约每三四天遗尿一次，面色无华，精神欠佳，小便清长、频数，舌淡苔薄白，脉沉细。诊断为小儿遗尿，证属先天不足。取关元、气海、肾俞、命门、脾俞、膏肓、足三里梅花针轻度叩刺，以皮肤潮红为度。每日1次，10次为1疗程。治疗2疗程后，患儿遗尿减为七八天一次，继续治疗4疗程，患者未再遗尿。

参考文献

1　程爵棠．梅花针疗法治百病．第2版．北京：人民军医出版社，2005

2　吴涓．梅花针疗法．北京：中国中医药出版社，2002

图书在版编目(CIP)数据

梅花针疗法速成图解/徐亚林等编著.-北京:科学技术文献出版社,2010.1

(中医实用技术丛书)

ISBN 978-7-5023-6404-5

Ⅰ.梅… Ⅱ.徐… Ⅲ.梅花针疗法-图解 Ⅳ.R245.31-64

中国版本图书馆 CIP 数据核字(2009)第 106547 号

出版者 科学技术文献出版社
地址 北京市复兴路 15 号(中央电视台西侧)/100038
图书编务部电话 (010)58882938,58882087(传真)
图书发行部电话 (010)58882866(传真)
邮购部电话 (010)58882873
网址 http://www.stdph.com
E-mail:stdph@istic.ac.cn
策划编辑 樊雅莉
责任编辑 樊雅莉
责任校对 梁桂芬
责任出版 王杰馨
发行者 科学技术文献出版社发行 全国各地新华书店经销
印刷者 北京高迪印刷有限公司
版(印)次 2010 年 1 月第 1 版第 1 次印刷
开本 650×950 16 开
字数 167 千
印张 10.75
印数 1～6000 册
定价 16.00 元